Todo o nada

Todo o nada

El affaire Blackstone II

RAINE MILLER

Título original: *All-In. The Blackstone Affaire II*
© 2012, Raine Miller
Publicado originalmente por Raine Miller Romance. Todos los derechos reservados.
© 2013, de la traducción Cora Tiedra
© De esta edición: 2013, Santillana USA Publishing Company
2023 N.W. 84th Ave.
Doral, FL, 33122
Teléfono: (305) 591-9522
Fax: (305) 591-7473
www.prisaediciones.com

Este libro es una obra de ficción. Nombres, personajes, lugares y hechos son producto de la imaginación de la autora o se utilizan de forma ficticia. Cualquier parecido con hechos reales, locales, establecimientos comerciales o personas, vivas o muertas es totalmente accidental.

La autora quiere hacer una mención especial para los dueños de aquellas marcas que aparecen en esta novela: Power Bar; Land Rover; Range Rover; London Underground; University of London; London 2012 Olympic Games; Jimi Hendrix; Google; Wikipedia; iPod; Dunhill; Van Gogh Vodka; Djarum Black; Dos Equis; Crazy Town - *Butterfly;* Nine Inch Nails -*Closer;* National Portrait Gallery, London; Victoria and Albert Museum, London; Victoria Embankment Gardens, London; *Los Angeles Times;* Letter's of John Keats to Fanny Brawne; Spotify; Joseph Arthur - *Honey and the Moon;* Michael Jackson -*Thriller;* Microsoft Power Point; *El rey león;* Pinky and the Brain; Punk'd; *Paranormal Activity 4.*

Diseño de cubierta: The Killion Group

Primera edición: marzo de 2013

ISBN: 978-0-88272-325-9

Printed in U.S.A. by HCI Printing, Inc.

PRISA EDICIONES

Para ti, Brynne. Tú hiciste que esto fuera posible.

No sé por qué sigo asustado.
Si no fueses real te inventaría,
ahora.
Desearía poder seguirte.
Sé que tu amor es verdadero y hondo
como el océano,
pero justo ahora
todo lo que quieres está mal,
y justo ahora
todos tus sueños están despertando,
y justo ahora
desearía poder seguirte,
a las costas
de la libertad,
donde nadie vive.

Honey and the Moon,
Joseph Arthur

Prólogo

Junio de 2012
Londres

Dejé a Ethan en los ascensores suplicándome que no me fuera. Fue lo más difícil que había tenido que hacer en mucho tiempo. Pero me fui. Había abierto mi corazón a Ethan y me lo había destrozado. Le había oído cuando me dijo que me quería y también cuando me aseguró que solo estaba tratando de protegerme de mi pasado. Le había oído alto y claro. Pero eso no cambiaba el hecho de que necesitaba alejarme de él.

Solo puedo pensar en la misma idea aterradora una y otra vez.

Ethan lo sabe.

Pero las cosas no siempre son lo que parecen. Las impresiones se obtienen de manera intuitiva. Las ideas se forjan basándose en emociones y no en hechos reales. Ese fue el caso de Ethan y yo. Por supuesto que esto lo descubrí más tarde, y con el tiempo, cuando pude alejarme de los acontecimientos que me habían convertido en la persona que soy, fui capaz de ver las cosas de forma algo diferente.

Con Ethan todo era rápido, intenso…, explosivo. Desde el principio me decía lo que pensaba. Me decía que me deseaba. Y sí, hasta me había confesado que me quería. No tenía problemas en comentarme lo que quería de mí, o lo que sentía por mí. Y no me refiero al sexo únicamente. Eso era gran parte de nuestra conexión, pero con Ethan no lo era todo. Él es capaz de compartir sus sentimientos con facilidad. Esa es su manera de ser, pero no significa que sea la mía.

En ocasiones sentía como si Ethan quisiera consumirme. Me abrumó desde la primera vez que estuvimos juntos y sin duda era un amante exigente, pero una cosa era cierta: siempre quise lo que él me daba.

Me di cuenta una vez que lo dejé.

Ethan me proporcionaba paz y seguridad de una forma que realmente no había sentido antes en mi vida adulta y que desde luego no había ex-

perimentado nunca con respecto a mi sexuali-
dad. Él es así y punto, y creo que ahora lo entiendo. Él no era exigente y controlador porque
quisiera dominarme; era así conmigo porque sabía que era lo que yo necesitaba. Ethan trataba
de satisfacer todas mis demandas para hacer que
lo *nuestro* funcionara.

Así que aunque esos días sin él fueron terribles, la soledad era fundamental para mí. Nuestro
fuego apasionado había ardido al rojo vivo y ambos nos habíamos abrasado con el calor que con
tanta facilidad se desataba y se encendía cuando
estábamos juntos. Sé que ese tiempo de cura era
necesario, pero eso no hizo que el angustioso dolor que sentía disminuyera.

No hacía más que volver a la misma idea
que me sobrevino cuando descubrí lo que él estaba haciendo.

*Ethan sabe lo que me pasó y ahora no hay
forma de que pueda quererme.*

Capítulo
1

Me latía la mano al ritmo del corazón. Todo lo que podía hacer era respirar contra las puertas ya cerradas del ascensor que se la llevaba lejos de mí. *Piensa.* Perseguirla no era una opción, así que abandoné el vestíbulo y me fui a la sala de descanso. Allí se encontraba Elaina preparándose un café. Mantuvo la cabeza agachada e hizo como si yo no estuviera. Una mujer inteligente. Espero que esos idiotas de la planta hagan lo mismo o van a tener que buscarse otro trabajo.

Eché algo de hielo en una bolsa de plástico y metí la mano dentro. Joder, cómo escocía. Tenía sangre en los nudillos y estaba seguro de que también habría en la pared junto al ascensor. Volví a mi despacho con la mano en la bolsa de hielo.

Le dije a Frances que llamara a la gente de mantenimiento para que viniesen a arreglar la maldita abolladura de la pared.

Frances asintió con la cabeza y miró la bolsa de hielo al final de mi brazo.

—¿Necesitas hacerte una radiografía? —preguntó con la expresión típica de una madre. O al menos como yo me imaginaba que sería una madre. Apenas recuerdo a la mía, así que probablemente solo estoy proyectando mis ideas sobre ella.

—No. —*Necesito que vuelva mi chica, no una jodida radiografía de mierda.*

Me fui directo a mi despacho y me encerré allí. Saqué una botella de Van Gogh del mueble bar y la destapé. Abrí el cajón de mi escritorio y busqué a tientas el paquete de Djarum Blacks y el mechero que me gustaba tener ahí guardados. Desde que conocí a Brynne fumaba muchísimo. Tenía que acordarme de comprar más.

Ahora solo necesitaba un vaso para el vodka, o igual no. La botella me serviría. Me tomé un trago con la mano destrozada y agradecí el dolor. A la mierda la mano; lo que tengo roto es el corazón.

Me quedé mirando su foto. La que le hice en el trabajo cuando me enseñó el cuadro de lady Perceval con el libro. La había hecho con el móvil. No importaba que fuera solo la cámara de un teléfono, Brynne salía preciosa a través de cualquier lente. Sobre todo las lentes de mis ojos. La foto había quedado tan bonita que me la descargué y pedí una copia para mi despacho.

Recordé aquella mañana con ella. Podía verla perfectamente en mi cabeza, lo sonriente que estaba cuando le hice aquella foto junto a aquel viejo cuadro…

Aparqué en el garaje de la Galería Rothvale y apagué el motor. Era un día gris, lloviznaba y hacía frío, pero no dentro de mi coche. Tener a Brynne sentada a mi lado, vestida para ir a trabajar, preciosa, sexy y sonriente, me levantaba el ánimo, pero saber lo que habíamos compartido esa misma mañana era la polla. Y no estaba hablando de sexo. Recordar la ducha y lo que habíamos hecho allí me ayudaría a sobrellevar el día, solo un poco, porque lo que sobre todo me ayudaba era saber que la vería otra vez esa noche, que estaríamos juntos, que era mía, y que podía llevarla a la cama y demostrárselo de nuevo. También me ayudaba la conversación que habíamos tenido. Sentía que por fin me había abierto un poco su corazón. Que yo le importaba igual que ella a mí. Y era el momento de empezar a hablar de nuestro futuro. Quería compartir tantas cosas con ella...

—¿Te he dicho alguna vez lo mucho que me gusta que me sonrías, Ethan?

—No —contesté, y dejé de sonreír—, dime.

Ella negó con la cabeza al ver mi reacción y miró la lluvia a través de la ventanilla.

—Siempre me he sentido especial cuando lo haces porque creo que no sonríes mucho en público. Diría que eres reservado. Así que cuando me sonríes me…, me desarmas.

—Mírame. —Esperé a que lo hiciera, sabedor de que así sería. Esa era una de las cosas de las que teníamos que hablar y que había quedado bien claro desde el principio. Brynne era sumisa conmigo por naturaleza. Aceptaba lo que le diera; el controlador que llevo dentro había encontrado a su musa y era solo una razón más por la que hacíamos una pareja perfecta.

Levantó sus ojos marrones-verdes-grises hacia mí y esperó. Mi sexo palpitaba debajo de mis pantalones. Podría poseerla ahí mismo, en el coche, y seguir deseándola minutos más tarde. Era mi adicción, de eso no había duda.

—Dios, estás preciosa cuando haces eso.

—¿Cuando hago qué, Ethan?

Le puse un mechón de su sedoso pelo detrás de la oreja y volví a sonreír.

—Nada. Que me haces feliz, eso es todo. Me encanta traerte al trabajo después de tenerte toda la noche para mí.

Se ruborizó y habría querido follármela otra vez.

No, eso no es verdad. Quería hacerle el amor…, despacio. Podía imaginarme perfectamente su precioso cuerpo extendido y desnudo para darle placer de todas las formas posibles. *Todo mío.* Para mí solo. Brynne me hacía sentir que todo…

—¿Quieres entrar y ver en lo que estoy trabajando? ¿Tienes tiempo? —Me llevé su mano a los labios y respiré el aroma de su piel.

—Pensé que nunca me lo pedirías. Usted primero, profesora Bennett.

Ella se rio.

—Puede que algún día lo sea. Llevaré una de esas gafas y bata negra y el pelo en un moño. Daré clases sobre técnicas de restauración, y tú podrás sentarte al fondo y distraerme con comentarios inapropiados y miradas lascivas.

—Ahhh, y entonces ¿me llamarás a tu despacho para castigarme? ¿Me castigarás, profesora Bennett? Estoy seguro de que podemos negociar un trato para que *pague* por mi comportamiento irrespetuoso. —Bajé la cabeza hacia su regazo.

—Estás loco —me dijo mientras le entraba la risa tonta y me apartaba de un empujón—. Vamos para dentro.

Corrimos bajo la lluvia, resguardados en mi paraguas, y su delgada figura arropada junto a mí, unido a su olor a flores y primavera, hacían que me sintiese el hombre más afortunado del planeta.

Me presentó al viejo guardia de seguridad, que era evidente que estaba enamorado de ella, y me llevó hasta una gran habitación, una especie de taller. Tenía amplias mesas y caballetes con buena iluminación y mucho espacio abierto. Me enseñó una gran pintura al óleo de una mujer solemne de pelo oscuro con deslumbrantes ojos azules y un libro en la mano.

—Ethan, por favor, saluda a lady Perceval. Lady Perceval, mi novio, Ethan Blackstone. —Brynne sonrió al cuadro como si fuesen amigas íntimas.

Le ofrecí una media reverencia a la pintura y dije:

—Señora.

—¿No es increíble? —preguntó Brynne.

Estudié la imagen con atención.

—Pues sí, es una figura fascinante, no hay duda. Parece que esconda una gran historia detrás de esos ojos azules. —Me acerqué para ver el libro que sostenía con la cubierta visible. Las palabras eran difíciles de leer, pero en cuanto me di cuenta de que estaban en francés resultó algo más fácil.

—He estado trabajando en la parte del libro en particular —explicó Brynne—. Sufrió daños en un incendio hace décadas y ha sido un suplicio quitarle el barniz quemado de encima a ese libro. Es especial, lo sé.

Volví a mirar y descifré la palabra «Chrétien».

—Está en francés. Eso que pone ahí es el nombre de Christian —señalé.

Sus ojos se agrandaron y su voz se entusiasmó.

—¿De verdad?

—Sí. Y estoy seguro de que aquí pone «Le Conte du Graal». ¿El cuento del Grial? —Miré a Brynne y me encogí de hombros—. La mujer de la pintura se llama lady Perceval, ¿verdad? ¿No es Perceval el caballero que encontró el Santo Grial en la leyenda del rey Arturo?

—¡Oh, Dios mío, Ethan! —Me agarró el brazo de la emoción—. ¡Por supuesto! Perceval…, es su historia. ¡La has resuelto! Lady Perceval sostiene en efecto un libro *muy* poco común. ¡Lo sabía! Una de las primeras historias del rey Arturo jamás escritas; se remonta al siglo XII. Ese libro es de Chrétien de Troyes, *Perceval o el cuento del Grial*. —Miró el cuadro fijamente y su cara irradiaba felicidad y pura alegría. Cogí el móvil y le hice una foto. Una magnífica foto de perfil de Brynne sonriendo a su lady Perceval.

—Bueno, me alegro de haber podido ayudarte, nena.

Se abalanzó sobre mí y me besó en los labios, envolviéndome con sus brazos con fuerza. Fue la sensación más increíble del mundo.

—¡Y tanto! Me has ayudado muchísimo. Voy a llamar a la Mallerton Society hoy mismo para decirles lo que has descubierto. Estoy segura de que les va a interesar. Hay una exposición por el aniversario de su nacimiento dentro de unas pocas semanas…, me pregunto si querrán incluirlo…

Brynne se puso a divagar, a contarme entusiasmada todo lo que siempre quise saber sobre libros raros, pinturas de libros raros y sobre la restauración de pinturas de libros raros. Se le puso la cara roja por la emoción de resolver un misterio, y esa sonrisa y ese beso valían su peso en oro para mí.

… Abrí los ojos e intenté ubicarme. Tenía la cabeza como si me hubiesen dado una paliza. Una botella de Van Gogh medio vacía me miraba. Las colillas de Djarum esparcidas sobre mi escritorio, donde tenía la mejilla bien pegada, me impregnaban la nariz de un olor a clavo rancio y tabaco. Despegué la cara del escritorio y me sujeté la cabeza con las manos, apoyado con fuerza sobre los codos.

El mismo escritorio donde la había tumbado y follado solo unas horas antes. Sí, follado.

Había sido follar, claramente y sin excusas, y fue tan increíble que me ardían los ojos de pensarlo. La luz de mi móvil parpadeaba como loca. Le di la vuelta para no tener que verla. Sabía que en cualquier caso ninguna de las llamadas era suya.

Brynne no me llamaría. De eso estaba seguro. La única pregunta era cuánto tardaría en intentar llamarla yo.

Ya era de noche. Fuera estaba oscuro. ¿Dónde se encontraría? ¿Estaría terriblemente dolida y disgustada? ¿Llorando? ¿La estarían consolando sus amigos? ¿Me odiaría? Sí, todas esas cosas eran probables, y yo por mi parte no podía acercarme a ella y hacerla sentir mejor. *No quiere saber nada de ti.*

Así que esto es lo que se siente. Cuando se está enamorado. Era hora de enfrentarme a la verdad y a lo que le había hecho a Brynne. De modo que me quedé en mi despacho y lo afronté. No podía irme a casa. Allí había demasiados recuerdos de ella, y ver sus cosas solo conseguiría volverme completamente loco. Me quedaría aquí esta noche y dormiría entre sábanas que no olieran a ella. *En las que no hubiera estado ella.* Me invadió una ola de pánico y me tuve que mover.

Levanté el culo de la silla y me puse de pie. Vi un trocito de tela rosa en el suelo a mis pies e inmediatamente supe lo que era: las bragas de encaje que le había quitado durante nuestro encuentro en mi escritorio.

¡Mierda! Recordé dónde me encontraba cuando su padre dejó ese mensaje. *Hundido dentro de ella*. Era desesperante tocar algo que acababa de estar contra su piel. Toqueteé la tela y me la guardé en el bolsillo. La ducha me llamaba.

Accedí por la puerta trasera a la habitación contigua, que contaba con una cama, un baño, una tele y una pequeña cocina, todo de primerísima calidad. El apartamento de soltero perfecto para el ejecutivo que trabaja hasta tan tarde que no le merece la pena conducir hasta casa.

O más un picadero. Aquí es donde traía a las mujeres cuando me las quería tirar. Siempre fuera del horario de oficina, por supuesto, y nunca se quedaban toda la noche. Hacía que mis «rollos» se largaran mucho antes del amanecer. Todo esto era antes de encontrar a Brynne. Nunca quise traerla aquí. Ella era diferente desde el principio. Especial. *Mi preciosa chica americana.*

Brynne ni siquiera sabía de la existencia de esta habitación. Lo habría pillado en dos segundos y me habría odiado por traerla aquí. Me froté el pecho y traté de calmar el dolor que me abrasaba. Abrí la ducha y me desvestí.

Mientras el agua caliente caía sobre mí me apoyé en los azulejos y me enfrenté a la realidad. *¡No estás con ella! La has cagado otra vez y ahora no quiere nada contigo.*

Mi Brynne me había dejado por segunda vez. En la primera ocasión lo hizo de manera sigilosa en mitad de la noche porque estaba aterrorizada por una pesadilla. Esta vez simplemente se dio la vuelta y se alejó de mí sin mirar atrás. Pude verlo en su cara: no era el miedo lo que hizo que se marchara. Era la completa devastación por la traición que había sentido al descubrir que le había estado ocultando la verdad. Había traicionado su confianza. Había apostado demasiado alto y había perdido.

El impulso de retenerla y hacer que se quedara fue tan grande que le di un puñetazo a la pared y seguramente me rompí algo por evitar agarrarla a ella. Me dijo que nunca volviera a ponerme en contacto con ella.

Cerré la ducha y salí; el sonido desolado del agua colándose por el desagüe hizo que me doliera aún más el pecho ante tal vacío. Cogí una toalla y me cubrí la cabeza. Me miré en el espejo mientras me destapaba la cara. Desnudo, mojado y amargado. Solo. Me di cuenta de esa realidad mientras miraba con fijeza al cabrón gilipollas del espejo.

Nunca es mucho tiempo. Tal vez podría estar alejado de ella un día o dos, pero *nunca* era definitivamente impensable.

Tampoco había cambiado el hecho de que ella aún necesitaba protección ante una amenaza que podía resultar peligrosa. No iba a permitir que le ocurriera nada a la mujer que amaba. *Nunca.*

Sonreí ante el espejo, hasta en ese penoso estado me hizo gracia mi lucidez; porque acababa de encontrar un ejemplo perfecto del uso adecuado de la palabra *nunca*.

Capítulo
2

Día número dos de mi exilio de Brynne y todo daba asco. Estuve yendo de un lado a otro haciendo cosas pero nada tenía sentido. ¿Durante cuánto tiempo iba a estar así? ¿Debería llamarla? Si pensaba demasiado en mi situación, la ansiedad se apoderaba de mí, por lo que traté de evitarlo. Procuré no pensar en ella. El vacío dentro de mí me empujaba a actuar, pero sabía que era demasiado pronto para intentar ir a buscarla. Necesitaba algo de tiempo y ya había cometido ese error antes. Presionarla mucho. *Y ser un completo gilipollas egoísta.*

Aparqué en la calle junto a la casa que me había visto crecer. El jardín se hallaba muy cuidado, la verja bien recta y los arbustos podados tal y como habían estado siempre. Mi padre nunca abandonaría ese lugar. No se iría del hogar que había forjado con mi madre.

El término «viejo cabezota» se quedaba corto con mi padre y este era el lugar en el que moriría cuando llegara su día.

Cogí las cervezas frías del asiento y accedí por la verja del jardín. Un gato negro corrió delante de mí y esperó. No era un gatito pequeño ni tampoco uno adulto. Era la versión en gato de un adolescente. Se sentó justo delante de la puerta, se giró y me miró. Sus brillantes ojos verdes parpadeaban como si me dijeran: «Mueve tu culo lento y déjame entrar en la casa». ¿Desde cuándo mi padre tenía un gato, maldita sea?

Llamé a la puerta y a continuación abrí y asomé la cabeza.

—¿Papá? —El gato se coló dentro de la casa más rápido que la velocidad de la luz y lo único que pude hacer fue mirar fijamente al frente—. ¿Ahora tienes un gato? —grité, y entré en la cocina. Metí las cervezas en la nevera y me tiré en el sofá.

Apunté con el mando a la tele y la encendí. La Eurocopa. *Perfecto, sí señor*. Podría centrarme por completo en el fútbol durante un par de horas y con un poco de suerte beberme cuatro de las seis cervezas que había traído y olvidarme de mi chica un buen rato. *Y llorarle a mi padre.*

Eché la cabeza hacia atrás y cerré los ojos. Algo suave y peludo saltó sobre mi regazo. El gato estaba aquí de nuevo.

—Ahh, así que ya estás aquí..., y veo que has conocido a *Soot.* —Mi padre se acercaba por detrás de mí.

—¿Cómo es que te has hecho con un gato? —Me moría de curiosidad por oír su respuesta. Nunca habíamos tenido gatos cuando era pequeño.

Mi padre resopló y se sentó en la silla.

—No lo hice. Se puede decir que él se ha hecho conmigo.

—Me puedo hacer una idea. —Acaricié el cuerpo sedoso de *Soot*—. En cuanto abrí la puerta principal entró en casa como si fuera el dueño.

—Mi vecina me pidió que le diera de comer mientras estaba fuera cuidando a su madre, que está muy enferma. Al final se ha tenido que mudar a casa de su madre y me he quedado con él. Nos entendemos, creo yo.

—¿La vecina y tú o el gato y tú?

Mi padre me miró de manera calculadora y sus ojos se entrecerraron. Jonathan Blackstone era muy perspicaz por naturaleza. Siempre lo había sido. No le podía ocultar nada. Cuando yo era un chaval él siempre sabía si llegaba a casa borracho o si había empezado a fumar, o si me metía en líos. Imagino que era así porque la mayor parte de nuestra vida estuvo solo. Mi hermana Hannah y yo nunca nos sentimos descuidados a pesar de haber perdido a nuestra madre. Los sentidos de mi padre se agudizaron de tal modo que podía percibir los problemas como un sabueso. Ahora lo estaba haciendo de nuevo.

—¿Qué demonios te ha pasado, hijo?

Se llama Brynne.

—¿Es tan evidente, eh? —El gato empezó a ronronear en mi regazo.

—Conozco a mi propio hijo y sé cuándo algo va mal. —Mi padre salió del salón un minuto. Volvió con dos cervezas abiertas y me dio una—. ¿Cerveza mexicana? —Arqueó una ceja y me pregunté si cuando yo lo hacía me parecería a él. Brynne había mencionado lo de mi movimiento de ceja más de una vez.

—Sí, está muy buena con una rodaja de limón metida en el cuello de la botella. —Le di un trago y acaricié a mi nuevo amigo de color ébano—. Es por una chica. Brynne. La conocí, me enamoré y ahora me ha dejado. —Una respuesta corta y concisa. ¿Qué más le podía contar a mi propio padre? Eso era todo lo que importaba o todo en lo que podía pensar. Me moría por ella y ella me había dejado.

—Ahhh, bueno, eso tiene más sentido. —Mi padre se detuvo un momento como si estuviera asimilándolo todo. Estoy seguro de que le sorprendió lo que le acababa de revelar—. Hijo, sé que ya te lo he dicho antes, por lo que esto no es nada nuevo, pero has heredado de tu madre, que en paz descanse, su belleza. Lo único que heredaste de mí fue el nombre y quizá mi constitución. Y lo cierto es que el hecho de que seas un Adonis te pone las cosas muy fáciles con las mujeres.

—Nunca he perseguido a ninguna mujer, papá.

—No he dicho que lo hicieras, pero la cuestión es que nunca has tenido que hacerlo. Ellas te han perseguido a ti. —Sacudió la cabeza al recordar algo—. Dios, las chicas andaban locas por ti.

Estaba seguro de que un día de picos pardos te atraparían y me harías abuelo mucho antes de lo que sería adecuado. —Me lanzó una mirada que me sugirió que había pasado mucho más tiempo del debido preocupándose por ese tema—. Pero nunca lo hiciste… —La voz de mi padre se fue apagando y me miró con tristeza. Después del colegio me alisté en el Ejército y me fui de casa. *Y se puede decir que en cierta manera ya no regresé más…*

Mi padre me dio una palmadita en la rodilla y bebió un trago de cerveza.

—Nunca he deseado a alguien como a ella. —Cerré la boca y empecé a beber con ahínco. Alguien metió un gol en el partido y me obligué a mirar y a acariciar al gato.

Mi padre se mostró paciente durante un rato pero al final preguntó:

—¿Qué hiciste para que te dejara?

El mero hecho de escuchar la pregunta dolía.

—Mentí. Fue una mentira por omisión, pero aun así no le dije la verdad y lo descubrió. —Aparté con cuidado al gato de mi regazo y fui a la cocina a por otra cerveza. Al final traje dos.

—¿Por qué le mentiste, hijo?

Encontré los ojos oscuros de mi padre y dije algo que no había pronunciado nunca. Que nunca había sido cierto.

—Porque la quiero. La quiero, y por eso no deseaba hacerle daño sacando a la luz un recuerdo doloroso de su pasado.

—Así que te has enamorado. —Mi padre afirmó con la cabeza y me miró de arriba abajo—. Lo cierto es que tienes todos los síntomas. Debería haberme dado cuenta en cuanto entraste por la puerta con esa cara de haber dormido bajo un puente.

—Ella me ha dejado, papá. —Empecé la tercera cerveza y volví a poner al gato en mi regazo.

—Eso ya lo has dicho —habló con sequedad y siguió mirándome como si no fuera su hijo sino un extraterrestre impostor—. Entonces ¿por qué le mentiste a la mujer a la que quieres? Es mejor que me lo cuentes, Ethan.

Es mi padre y confío en él más que en nadie en el mundo. Estoy seguro de que no hay otra persona a quien se lo *pudiera* contar, aparte de mi hermana. Cogí aire con fuerza y se lo detallé.

—Conocí al padre de Brynne, Tom Bennett, en un torneo de póquer en Las Vegas hace seis años. Nos caímos bien y era bueno con las cartas. No tan bueno como yo, pero nos hicimos amigos. Se puso en contacto conmigo hace poco y me pidió un favor. No tenía intención de hacerlo. Quiero decir, considerando la cantidad de trabajo que tenía en ese momento. ¡No puedo proteger a una estudiante de arte americana y además modelo cuando tengo que organizar la seguridad VIP de las jodidas Olimpiadas!

El gato se estremeció. Mi padre apenas arqueó una ceja y se acomodó en su silla.

—Pero lo hiciste.

—Sí, así fue. Vi la foto que me envió y me entró curiosidad. Brynne también trabaja como modelo y es... tan guapa. —Me encantaría tener su retrato ya en mi casa. Pero la condición de la venta era que tenía que quedarse expuesto en la Galería Andersen durante seis meses. Mi padre me miró sin más y siguió callado—. Total, que llego a la exposición de la galería y compro el maldito retrato a los pocos segundos de verlo, ¡como si fuera un dichoso poeta o yo qué sé! En cuanto la conocí estuve dispuesto a llamar al pelotón para mantenerla a salvo si fuera necesario. —Negué con la cabeza—. ¿Qué demonios me pasó, papá?

—A tu madre le encantaba leer a todos los poetas. Keats, Shelley, Byron. —Sonrió levemente—. A veces las cosas suceden así. Encuentras a la persona hecha para ti y punto. Los hombres se han enamorado de las mujeres desde el principio de los tiempos, hijo. Simplemente por fin te ha llegado tu turno. —Mi padre le dio otro trago a la cerveza—. ¿Por qué... Brynne necesita protección?

—El congresista que murió en el accidente de avión ya tiene sustituto. Es el senador Oakley, de California. Bueno, pues el senador tiene un hijo, Lance Oakley, que solía salir con Brynne. Pasó algo... y apareció un vídeo porno... —Hice una pausa y me di cuenta de lo horrible que le debía parecer a mi padre—. Pero ella era muy joven, solo tenía diecisiete años, y esa traición le hizo muchísimo daño. Oakley fue un completo cabrón con ella. Brynne está yendo al psiquiatra... —Mi voz se fue apagando y me pregunté cómo se estaría tomando mi padre todo esto. Bebí un poco más de cerveza antes de contarle la última parte—. Al hijo lo mandaron a Irak y ella se vino a estudiar a la Universidad de Londres. Estudia arte y restaura cuadros, y es absolutamente brillante.

Me sorprendió que mi padre no reaccionara a todas las cosas tan desagradables que le acababa de contar.

—Imagino que el senador no quiere que el terrible comportamiento de su hijo aparezca en la prensa. —Parecía enfadado. Mi padre odia a los políticos independientemente de su nacionalidad.

—Ni el senador ni el poderoso partido que está detrás. Algo así les haría perder las elecciones.

—¿Y el partido de la oposición? Estarán buscándolo tan desesperados como la gente de Oakley estará tratando de esconderlo —dijo mi padre.

Sacudí la cabeza, pensativo.

—¿Por qué no trabajas para mí, papá? Lo entiendes a la primera. Vas más allá. Necesito diez como tú, eso sí —dije con ironía.

—¡Ja!, estoy muy contento de ayudarte cuando me necesites, pero no lo hago por dinero.

—Ya, soy muy consciente de eso —repuse, levantando la mano. Había intentado que trabajara para mí durante mucho tiempo y era una especie de broma entre nosotros. Sin embargo, él nunca aceptaría nada de dinero; un viejo cabezota es lo que era.

—¿Ha pasado algo que indique que tu Brynne necesita protección? La verdad es que todo esto me parece un poco alarmista. ¿Por qué te lo pidió su padre?

—Al parecer, el hijo del senador sigue metiéndose en líos. Volvió a casa de permiso y mataron a uno de sus compañeros en un altercado en un bar. El tipo de escándalo que los políticos odian y con motivo. Esto lleva a escarbar en terrenos que no quieren que la gente conozca. Podría tratarse de un incidente aislado, pero el amigo sabía lo del vídeo. Llegado a este punto, el padre de Brynne se puso en alerta total. Sus palabras textuales fueron: «Si la gente que sabe de la existencia del vídeo empieza a aparecer muerta, entonces es que necesito proteger a mi hija». —Me encogí de hombros—. Me pidió que le ayudara. Al principio le dije que no y le recomendé otra empresa, pero me mandó un correo electrónico con la foto de ella.

—Y no pudiste decir que no después de ver su foto. —Mi padre lo formuló con tono de afirmación. Supe entonces que él entendía lo que sentía hacia Brynne.

—No. No pude. —Negué con la cabeza—. Me cautivó. Fui a la exposición de la galería y com-

38

pré el retrato. Y cuando entró en la sala, papá, no pude apartar los ojos de ella. Tenía intención de caminar hasta el metro en mitad de la noche, así que me presenté y la convencí para que me permitiera llevarla a casa en coche. Después de eso traté de dejarla en paz. Realmente quería…

Volvió a sonreír.

—Siempre has sido un chico tan protector…

—Pero se convirtió en mucho más que en un mero trabajo. Quería estar con Brynne… —Miré a mi padre, que permanecía sentado escuchándome en silencio y cuyo corpulento cuerpo seguía en plena forma a pesar de ser un hombre de sesenta y tres años. Sabía que él me entendía. No necesitaba explicarle nada más sobre mis sentimientos y eso era un alivio.

—Pero ella descubrió que su padre te había contratado para protegerla…

—Sí. Oyó sin querer una llamada de teléfono en mi oficina. Su padre explotó cuando se enteró de que estábamos saliendo y me lo echó en cara. —Pensé que mi padre también tenía derecho a saber toda esa maldita historia.

—Imagino que se sintió vulnerable y traicionada. Si su pasado con el hijo del senador o con quienquiera que sea es algo que tú sabes y que no le dijiste que sabías… —Mi padre negó con la cabeza—. ¿En qué estabas pensando? Y a ella le deberían contar lo de la muerte del otro tipo, lo de la posible amenaza sobre ella. Y que tú la quieres. Y que pretendes seguir manteniéndola a salvo. Una mujer necesita la verdad, hijo. Tendrás que contarle todo si quieres que ella vuelva a confiar en ti.

—Se lo conté. —Solté un enorme suspiro y eché la cabeza hacia atrás en el sofá para mirar al techo. *Soot* se estiró y se volvió a colocar en mi regazo.

—Bueno, pues entonces inténtalo otra vez. Empieza diciéndole la verdad y a partir de ahí ya veremos. Puede que ella la acepte o que no. Pero no puedes tirar la toalla. Tienes que seguir intentándolo.

Saqué el móvil y busqué la foto en la que Brynne estaba mirando el cuadro y se la enseñé a mi padre. Sonrió mientras estudiaba la imagen a través de sus gafas. Un atisbo de nostalgia en sus ojos me indicó que estaba pensando en mi madre.

Me la devolvió después de unos segundos.

—Es una chica adorable, Ethan. Espero que tenga la oportunidad de conocerla algún día. —Mi padre me miró directamente a los ojos y me lo soltó así. Sin rodeos, tan solo la cruda realidad—. Tienes que escuchar a tu corazón, hijo…, nadie puede hacer eso por ti.

Me fui de casa de mi padre por la tarde, llegué a mi piso e hice tres horas de ejercicio en mi gimnasio. No paré hasta que no fui más que una masa temblorosa de músculos doloridos con hedor a sudor. Sin embargo, el baño de espuma de después fue agradable. Y los cigarrillos. Ahora fumaba mucho. No era bueno para mi salud y necesitaba bajar el ritmo. Pero, joder, las ganas eran muy fuertes. Estar con Brynne me calmaba bastante, por lo que no tenía tantas ganas de fumar, pero ahora que ella me había dejado, fumaba sin parar, como el asesino en serie sobre el que habíamos bromeado que era en nuestra primera conversación.

Dejé el Djarum colgando de mi labio y miré fijamente a las burbujas.

A Brynne le encantaba darse baños. Ella no los podía disfrutar en su piso y me dijo que lo echaba de menos. Me encantaba la idea de tenerla desnuda en mi bañera. *La idea de ella desnuda…* Pensar en eso no me hacía ningún bien en absoluto y sin embargo pasaba muchas horas haciéndolo. Y si pensaba en el porqué, me daba cuenta de que era el desencadenante de todo lo que había pasado entre nosotros. *Ella desnuda…* La fotografía que me envió Tom Bennett era la misma que compré en la exposición. Desde un punto de vista pragmático, solo se trataba de la foto de un precioso cuerpo desnudo que cualquier persona podría apreciar, tanto hombres como mujeres. Pero incluso con lo poco que me había desvelado su padre al principio, sumado a la foto de ella donde mostraba toda su vulnerabilidad, atractivo y pura belleza, la idea de que pudiera estar en peligro o de que alguien pudiera hacerle daño de manera premeditada me motivaron para salir a la calle, meterla en mi coche y mantenerla a salvo. Sencillamente no podía alejarme de ella y tener la conciencia tranquila. Y una vez que nos conocimos mi mente no dejó de fantasear. Todo lo que podía ver en mi cabeza mientras hablábamos era… *a ella desnuda.*

Después de una hora mi baño empezó a perder su calor y, como es lógico, su atractivo.

Así que salí, me vestí y fui en busca de un libro. *Cartas de John Keats a Fanny Brawne.*

Mi padre mencionó algo que me hizo acordarme de él. Había dicho que a mi madre le encantaba leer a los grandes poetas. Sabía que Brynne adoraba a Keats. Había encontrado el libro en el sofá, donde era evidente que había estado leyéndolo, y le pregunté por él. Brynne me había confesado que le encantaba y me preguntó cómo es que tenía el libro en mi casa. Le conté que mi padre siempre me daba los libros que la gente se dejaba en su taxi. Odiaba tirarlos, por lo que los traía a casa siempre que encontraba algo decente. Cuando compré mi piso, me dio unas cuantas cajas de libros para llenar las estanterías y este debía de estar incluido en el lote. Fui sincero y le dije que nunca había leído nada de Keats.

Ahora lo estaba haciendo.

Estaba descubriendo que Keats era muy bueno con las palabras. Para ser un hombre que murió con tan solo veinticinco años, era evidente que condensaba muchos sentimientos en las cartas que le escribía a su novia cuando estaban separados. Y podía sentir su dolor como si fuera mío. En realidad era mío.

Decidí escribirle una carta de mi puño y letra. Encontré papel y un sobre bonito en mi despacho y me llevé el libro conmigo. *Simba* movió las aletas en el acuario cuando me levanté para irme, siempre a la espera de un regalito.

Tengo debilidad por los animales que te suplican para que les des comida, así que le tiré un krill congelado y observé cómo lo devoraba.

—Ella te adora, *Simba*. Quizá si le digo que estás triste y que se te ha quitado el apetito vuelva. —O sea, que ahora estaba hablando con un pez. ¿En qué momento, maldita sea, había llegado tan bajo? Ignoré las ganas que tenía de fumarme un cigarrillo. Me lavé las manos y me senté a escribir.

Brynne:

No conozco los límites de mi alma ni los placeres que pueda hallar en esta vida si tu recuerdo me ahoga. Pregúntate, mi amor, si no eres muy cruel por haberme atrapado así en tu cárcel de amor, por haber puesto fin a mi libertad.

… Todos mis pensamientos, estos días y noches tan infelices, me temo, no han curado ni remotamente el amor que siento hacia ti, Belleza,

sino que lo han agravado tanto que soy un pobre
mísero sin ti... No puedo concebir un amor pare-
cido al que siento por ti más allá de la Belleza.

Julio, 1819

Sé que reconocerás las palabras de Keats. He em-
pezado a leer el libro que tanto te gusta. Ahora pue-
do decir que entiendo lo que ese hombre trataba de
expresarle a la señorita Brawne acerca de lo mucho
que había capturado su corazón.

Igual que tú has capturado el mío, Brynne.

Te echo en falta. No puedo dejar de pensar
en ti y si pudiera decírtelo otra vez y conseguir que
me creyeras, hallaría algo de consuelo. Lo único
que puedo hacer es mostrarte lo que siento.

Lamento muchísimo no haberte dicho que
conocía tu pasado ni cómo llegué a saber tu secre-
to, pero necesito confesarte algo porque es la cruda
realidad. No tenía intención de aceptar el traba-
jo. Tenía pensado darle a tu padre el nombre de
otra empresa para que te protegiera. Sin embar-
go, no pude hacerlo en cuanto te conocí. Quería
contarte aquella noche en la calle que tu padre es-
taba tratando de protegerte, pero cuando vi cómo
me mirabas, Brynne, sentí algo, una conexión entre

tú y yo. *Algo se movió dentro de mí y todo enca-
jó en su lugar. ¿La pieza que le faltaba al puzle?
No sé lo que fue, solo sé que me ocurrió la noche
que nos conocimos. Traté de mantener las distancias y dejar que volvieras a tu vida, pero no pude
hacerlo. Me sentí atraído por ti desde el mismo
momento en que vi tu retrato. Tenía que conocerte.
Y luego tenía que estar contigo. Quería que me mi-
raras y me vieras de verdad. Ahora sé que me
enamoré. Me enamoré de una preciosa chica americana. De ti, Brynne.*

*He querido contarte muchas veces cómo lle-
gué a encontrarte aquella noche en la galería.
Me contuve en cada ocasión porque tenía miedo
de hacerte daño. Pude ver lo afectada que estabas
cuando te despertaste de aquella pesadilla. Lo
único que podía hacer era imaginar las razones,
y haría cualquier cosa para evitar que te hicieran
daño. Sabía en cierto modo que decirte que tu
padre había contratado una empresa de seguridad para protegerte de poderosos enemigos políticos te aterraría. Incluso a mí me aterra pensar
que alguien te quiera hacer daño, emocionalmente o de otro modo. Sé que dijiste que estaba des-
pedido, pero si ocurre algo o alguien te asusta*

quiero que me llames y estaré contigo en un minuto. Hablo totalmente en serio. Llámame.

Eres alguien muy especial, Brynne. Me haces sentir cosas: emociones e ideas y sueños; un profundo entendimiento que me lleva a un lugar que nunca pensé que encontraría con otra persona. Pero yo también tengo mis fantasmas. Me aterra enfrentarme a ellos sin ti. La mayor parte del tiempo no sé lo que hago, pero sí sé lo que siento por ti. E incluso si me odias por lo que hice sigo queriéndote. Aunque no quieras verme, seguiré amándote. Seguiré amándote porque eres mía. Mía, Brynne. Lo eres en mi corazón y eso nadie lo puede cambiar. Ni siquiera tú.

Pasó una semana antes de que le enviara la carta a Brynne. La semana más larga de mi vida, maldita sea.

Bueno, no es exactamente cierto pero había fumado los suficientes Djarum para o bien arruinarme o bien que me provocaran un cáncer. Le dije a la florista que pusiera flores moradas y que incluyera la carta. Era domingo por la tarde cuando las encargué y la florista me informó de que se entregarían el lunes. Se las envié a su trabajo en vez de a su casa. Sabía que había estado muy liada con la universidad y quería esperar a que terminara los exámenes finales.

Brynne y yo no habíamos terminado. Este es el mantra que seguía repitiéndome a mí mismo esos días, pues era lo único que era capaz de aceptar.

Capítulo
3

Te hacen creer cosas que no son ciertas. Te las dicen tantas veces que aceptas que lo que te están contando es real en lugar de una sarta de mentiras. Lo padeces como si fuera la verdad. La tortura más efectiva no es física, sino mental, eso está claro. La mente puede inventar miedos mucho más espantosos de los que jamás podrías soportar en tu cuerpo, al igual que la mente es capaz de desconectar del dolor físico cuando este sobrepasa el límite que tu cuerpo es capaz de soportar.

Las terminaciones nerviosas de mi espalda aullaban como si le hubieran echado ácido a mi destrozado cuerpo. El dolor me impedía respirar, era demasiado agudo. Me pregunté cuánto tardaría en desmayarme, y si en caso de hacerlo, me despertaría de nuevo en este mundo. Dudaba de que fuera capaz de caminar más de unos metros. Apenas podía ver debido a la sangre que bañaba mis ojos por los golpes que me habían dado en la cabeza. Moriría aquí, en este infierno, y seguramente sería pronto. Esperaba que fuera pronto. Sin embargo, mi padre y mi hermana no me podían ver así. Ojalá que nunca se enteraran de cómo terminó mi vida. Recé para que no existiera un vídeo de mi ejecución. Por favor, Dios mío, que no haya un vídeo de esto…

Fue cuestión de suerte. No había tenido nada de suerte cuando le tendieron la emboscada a nuestro equipo. Nada de suerte cuando se me encasquilló el arma. Nada de suerte cuando no morí al tratar de evitar que me capturaran. Esos cabrones aprendieron sus técnicas de los rusos. Les encantaba hacerse con prisioneros occidentales. ¿Y encima británico y de las FE? Era la jodida joya de la corona. Y totalmente prescindible para mi país. Cuestión de suerte. Un sacrificio por el bien de todos, de la democracia, de la libertad.

A la mierda la libertad. Yo no tenía ninguna.

A mi torturador le encantaba hablar. No paraba de hablar de ella. Deseaba con todas mis fuerzas que cerrara su maldita boca. Ellos no saben dónde está…, no saben cómo encontrarla…, ni siquiera saben cómo se llama. *Seguía repitiéndome a mí mismo todas esas cosas porque era lo único que tenía.*

La primera bofetada me espabiló. Y la siguiente me despertó por completo.

—*Cuando la tengamos te haremos presenciarlo todo. Gritará como la puta que es. Una puta americana que posa desnuda para que le hagan fotos.* —*Me escupió en la cara y me tiró del pelo hacia atrás*—. *Tus novias son tan repugnantes… que se merecen lo que les sucede. Que las usen como putas.* —*Se rio en mi cara.*

Le miré fijamente y memoricé su rostro. Nunca lo olvidaría, y si se presentase la ocasión le cortaría la lengua antes de matarlo. Aunque solo lo matara con la mente. ¿Cómo podía impedir que la secuestraran? Quise suplicar pero no lo hice. Tan solo miré al frente y se me aceleró el corazón, lo que demostraba que estaba vivo. Por ahora.

—*Todos los guardias van a catar sus muslos. Luego, cuando disminuya su deseo, podrá ver cómo te cortamos la cabeza. Eres consciente de que así será tu final, ¿verdad?* —*Me tiró del cuello*

hacia atrás y arrastró un dedo por mi garganta—.
Pedirás clemencia como el cerdo que eres… justo
antes de tu matanza. Entonces no estarás orgu-
lloso. —*Se rio en mi cara y sus dientes amarillos*
relucieron entre su barba—. Y entonces matare-
mos a tu puta americana del mismo modo.

Me incorporé en la cama con la respiración
ahogada y la mano, que estaba empapada de sudor, sobre mi sexo. Me apoyé contra el cabecero
y me di cuenta de dónde estaba…, y de dónde,
gracias a Dios, no estaba. Ya no estás ahí. *Ya no*
estás ahí. Solo ha sido un sueño. *Eso fue hace mu-*
cho tiempo.

Era el tipo de pesadilla que congrega todo lo
malo que te ha ocurrido en la vida y lo agita en
una combinación atroz que te ahoga. Cerré los
ojos con alivio. Brynne no era parte del horror
que viví en Afganistán, sino del que me acuciaba
ahora. Brynne vivía en Londres, trabajaba y estudiaba su posgrado. *Solo es tu subconsciente, que*
está mezclando las cosas malas. Brynne está a sal-
vo en la ciudad.

Lo único es que ella ya no estaba *conmigo.*

Bajé la mirada a mi sexo, caliente y duro, y lo
envolví en mi mano. Cerré los ojos y empecé a aca-

riciarlo. Si seguía con los ojos cerrados podría recordar aquel día en mi oficina. Necesitaba descargarme en ese mismo momento. Necesitaba correrme para poder poner fin a los malditos temblores que me invadían tras esa terrible pesadilla. Cualquier cosa servía. Sería una solución temporal, pero tenía que valer.

Me acordé. La primera vez que vino a verme. Llevaba puestas unas botas rojas y una falda negra. Le dije que se sentara en mi regazo e hice que se corriera con los dedos. *Fue tan sexy, maldita sea, que se presentara en mi oficina.* Estaba preciosa cuando se deshizo en mis brazos a raíz de lo que le hacía, de lo que le hacía sentir.

Brynne había intentado alejarse de mí pero yo no quería que lo hiciera. Recuerdo que le costó separarse de mi regazo. Pero cuando se puso de rodillas y me tocó por encima de los pantalones, lo entendí. Me dijo que me quería lamer. En ese momento supe que la quería. Lo supe porque ella es sincera y genuinamente generosa. Ella es real y perfecta, y es mía.

No, ahora no lo es. Te ha dejado.

Mantuve los ojos cerrados y recordé la imagen de sus preciosos labios cerrados sobre el final de mi verga y de cómo me adentraba en ellos. Recuerdo lo húmeda y dulce y deliciosa que sentí su boca esa primera vez. Lo bonito que fue cuando se lo tragó todo y me miró de esa manera tan sexy y misteriosa que la caracterizaba. Nunca sé lo que está pensando. Al fin y al cabo es una mujer.

Me acordé de todo: de los sonidos que emitió, de su pelo largo extendido sobre su cara, del resbalar húmedo dentro de sus dulces labios, de cómo se agarraba a mi sexo, giraba la mano y me llevaba al interior de su preciosa boca.

Recordé ese momento tan especial que pasé con Brynne mientras me masturbaba hasta llegar al clímax, tan vacío como mi realidad, patética y solitaria. Tenía que recordarlo o no me correría.

Grité mientras mi semen salía disparado de mi pene en una avalancha casi dolorosa por las sábanas de mi cama, en las que el blanco brillante contrastaba ahora con el negro habitual. *¡Debería ser ella!* Resollé contra el cabecero y dejé que mi orgasmo me recorriera el cuerpo, enfadado por haberme hecho una paja pensando en ella como un depravado muerto de desesperación.

No podía importarme menos haberlo ensuciado todo. Las sábanas se pueden lavar. Mi mente no.

Puedo recordar todas las veces que he estado dentro de ella.

El vacío que me invade roza la crueldad y mi clímax de ninguna manera podía sustituir a la realidad. Completamente hueco e inútil.

«¡Ni de broma, Benny! Es demasiado guapo como para tener que recurrir a su mano para tener un orgasmo».

Sí, seguro. Me levanté, tiré de las sábanas y me dirigí a la ducha. Nunca me sentiría completo sin ella.

Ella me llamó esa tarde al móvil. No vi su llamada por culpa de una estúpida reunión. Quería matar a los imbéciles que me habían entretenido pero en su lugar llamé al buzón de voz.

—Ethan, he recibido tu carta. —Su voz sonaba temblorosa y la necesidad de ir junto a ella era tal que no sabía cómo conseguiría mantenerme alejado—. Gracias por enviármela. Las flores también son muy bonitas. Solo…, solo quería decirte que he hablado con mi padre y que me ha contado algunas cosas… —Entonces perdió la entereza. Podía oír sus llantos amortiguados. Sabía que estaba llorando y eso me rompió el corazón en mil pedazos—. Tengo que irme... Quizá podamos hablar más tarde. —La última parte la dijo entre susurros—. Adiós, Ethan. —Y entonces colgó.

Pensé que iba a romper la pantalla del teléfono por la fuerza con la que apretaba los botones tratando de pulsar rellamada, al tiempo que rezaba para que lo cogiera y hablara conmigo. El tiempo se detuvo mientras entraba la llamada y me pareció una eternidad. Uno, dos, tres tonos. Se me aceleró el corazón y cada vez me faltaba más aire.

—Hola. —Solo una palabra. Pero era su voz e iba dirigida a mí. Pude oír ruidos de fondo. Como de tráfico.

—Brynne... ¿cómo estás? Parecías muy triste en tu mensaje de voz. Estaba en una reunión... —Mi voz se fue apagando y me di cuenta de que había empezado a irme por las ramas.

Apreté la boca y deseé con todas mis fuerzas un delicioso cigarrillo negro con olor a clavo.

Brynne respiraba de manera pesada contra el auricular.

—Ethan, dijiste que te llamara si pasaba algo raro.

—¿Qué ha pasado? ¿Estás bien? ¿Dónde estás ahora mismo? —Sentí que se me congelaba la sangre al oír sus palabras y el tono de su voz—. ¿Estás en la calle?

—He salido a correr. Necesitaba desconectar un poco y tomarme un descanso.

—Voy a por ti. Dime dónde estás. —Se quedó callada. Podía oír rugir los coches a su alrededor y odiaba la imagen que tenía de ella en ese momento. Sola en la calle. Vulnerable. Desprotegida—. ¿Me lo vas a contar? Necesito verte; tenemos que hablar. Y quiero saber qué es lo que te preocupa tanto como para haberme llamado antes y haberme dejado ese mensaje. —Perduró el silencio—. Nena, no puedo ayudarte si no me haces partícipe de lo que pasa.

—¿Lo has visto? —Su voz cambió, se volvió más seca.

—¿Ver el qué? —Juro que solo quería estar con ella y tenerla entre mis brazos. Al principio no entendí su pregunta. El silencio gélido que pendía al otro lado de la línea me ayudó sin embargo a darme cuenta enseguida de a qué se refería.

—¿Lo has visto, Ethan? Responde a mi pregunta.

—¿El vídeo obsceno de Oakley y tú? —Oí un sonido de angustia—. ¡Por supuesto que no, joder! Brynne... —El mero hecho de que me preguntara algo así me cabreaba—. ¿Por qué iba a haberlo visto?

—¡No es exactamente un vídeo obsceno! —me gritó al oído. Me dolió el pecho como si me acabaran de clavar un cuchillo.

—¡Bueno, eso es lo que me dijo tu padre! —exclamé, confundido por su pregunta y completamente perdido por la absurda conversación que estábamos teniendo. Si pudiera hablar con ella cara a cara, acercarme a ella, hacer que me mirara a los ojos y que me escuchara, quizá tuviese alguna oportunidad. Pero este asunto no nos estaba llevando a ningún lado. Volví a intentarlo con un tono más sensato—. Brynne, por favor, déjame ir a por ti.

Ella estaba llorando otra vez. Podía oír sus suaves sollozos entre el ruido cada más débil del tráfico. Tampoco me gustaba que hubiera salido a correr sola. Los coches de la carretera acelerando junto a ella, los hombres mirándola, los mendigos pidiéndole limosna...

—¿Qué demonios te contó, Ethan? ¿Qué te dijo mi padre sobre mí?

—No sé por qué tenemos que hacer esto por teléfono.

—Dí-me-lo. —Y luego vino el silencio.

Cerré los ojos agobiado, consciente de que ella no aceptaría nada más que la cruda verdad, y odiaba con toda mi alma tener que decírsela, aunque sabía que no me quedaba alternativa. ¿Por dónde empezar? La única opción era ser directo. Recé en silencio y le pedí a mi madre que me mandara fuerzas.

—Me dijo que Oakley y tú salíais en el instituto. Cuando tenías diecisiete años, Oakley hizo un vídeo sin que tú lo supieras y lo distribuyó por todas partes. Dejaste el instituto y lo pasaste fatal. El senador mandó a su hijo a Irak y tú viniste aquí a empezar de cero. Ahora el senador está tratando de ganar las elecciones como vicepresidente y quiere asegurarse de que nadie vea nunca ese vídeo… ni que nadie oiga hablar de él. Tu padre me dijo que uno de los compañeros de Oakley ha aparecido muerto en circunstancias extrañas y le preocupa que el blanco sea cualquiera que esté relacionado con el vídeo…, incluida tú. Le inquietó lo bastante como para ponerse en contacto conmigo y pedirme un favor: que te cuidara y vigilara por si alguien se acercaba a ti.

Daría cualquier cosa en este momento por un cigarrillo. El silencio al otro lado de la línea era doloroso y difícil de soportar, pero al cabo de unos segundos interminables oí el agradable sonido de su voz diciendo lo que quería escuchar. Palabras con las que podía actuar. Algo que entendía y con lo que podría hacer algo al respecto.

—Eso me asusta.

El alivio me invadió al oír eso. No el hecho de que ella estuviera asustada, sino que parecía que me necesitaba. Como para dejarme volver a su vida.

—No permitiré que nada ni nadie te haga daño, nena.

—Hace dos días me dejaron un mensaje muy raro. Un hombre. De un periódico. No sabía qué hacer… Y cuando hoy he recibido tu carta, leí…, leí lo que decías de llamarte si alguien me molestaba.

El sentimiento de alivio se desvaneció al instante.

—¡Ya está bien de toda esta mierda, Brynne! ¿Dónde estás en este momento? ¡Voy a por ti!

—Habría reptado por el jodido teléfono si las leyes de la física me lo hubieran permitido. Necesitaba llegar hasta ella y eso era todo, punto y final. A la mierda el teléfono. Necesitaba tener a Brynne en carne y hueso junto a mí para poder abrazarla.

—Estoy en la salida sur del puente de Waterloo.

Por supuesto. Resoplé. Solo el sonido de la palabra «Waterloo» me dolía.

—Salgo ahora mismo. ¿Puedes acercarte al Victoria Embankment y esperarme ahí? Así te encuentro más rápido.

—Vale. Iré al obelisco. —Parecía encontrarse mejor que yo, menos asustada, y ese sentimiento me venía bien para mi nivel de estrés. Iba a por mi chica. Puede que ella no fuera consciente todavía, pero eso era lo que iba a suceder.

—Genial. Si alguien se acerca a ti solo tienes que quedarte en un espacio abierto donde haya gente a tu lado. —La mantuve al teléfono mientras se aproximaba a la Aguja de Cleopatra a pie y entretanto yo conducía como un loco y esquivaba a la policía.

—Ya estoy aquí —dijo.

—¿Hay gente cerca?

—Sí. Hay un grupo de turistas caminando, algunas parejas y gente paseando a sus perros.

—Genial. Estoy aparcando. Te encontraré.

—Cortamos la conversación.

Me latía el corazón a mil por hora mientras encontraba sitio para aparcar y empezaba a caminar hacia el río. ¿Qué pasaría entre nosotros? ¿Me rechazaría? No quería poner el dedo en la llaga, pero me negaba a que esta maldita situación continuara un día más. Se terminaría ahora. Hoy. Tardara lo que tardara en arreglar este lío, lo resolvería aquí y ahora.

Cuando la vi estaba empezando a atardecer. Sus pantalones cortos abrazaban sus piernas como si fueran una segunda piel. Me estaba dando la espalda apoyada sobre la barandilla y mirando al río, con el viento meciendo su coleta a un lado, una de sus esbeltas piernas doblada hacia la barandilla y sus manos posadas con elegancia en la parte de arriba.

Aminoré el paso porque tan solo quería que su imagen me calase. Por fin la estaba mirando tras una semana de inanición. Se encontraba justo frente a mí. *Brynne*.

Necesitaba tocarla. Mis manos morían de ganas de acercarse y acariciarla. Pero ella parecía diferente, más delgada. Según me iba aproximando se hacía más evidente. Dios, ¿se había pasado la última semana sin comer? Debía de haber perdido unos tres kilos. Me detuve y la miré con una mezcla de enfado y preocupación, y comprendí que toda esa mierda de su pasado era mucho más seria de lo que yo pensaba. *Estupendo, ahora los dos estamos bien jodidos.*

Se dio la vuelta y me vio. Nuestros ojos se encontraron y, de manera extraña y poderosa, conectaron entre la brisa que corría entre nosotros. Brynne sabía cómo me sentía. Debería saberlo. Se lo había dicho miles de veces. Ella, sin embargo, nunca me había dicho lo que yo sí le había confesado. Seguía esperando que de su boca salieran esas dos palabras. *Te quiero.*

Ella dijo mi nombre. Le leí los labios. El viento me impidió oírlo pero vi que pronunciaba mi nombre. Parecía tan aliviada como yo cuando vi que estaba a salvo y a escasos pasos de mí. Y tan guapa como siempre ha sido y será.

Pero en ese momento me detuve. Si Brynne me quería, tendría que caminar hasta mí y demostrarme lo que sentía. Me moriría si no lo hacía, pero el consejo de mi padre era totalmente certero. Todo el mundo tenía que seguir a su corazón. Yo seguí al mío. Ahora Brynne necesitaba hacer lo mismo.

Se separó de la barandilla y me estremecí por dentro cuando se detuvo. Parecía como si estuviera esperando a que yo le hiciera algún gesto o que me acercara a ella. *No, nena.* No sonreí y ella tampoco, pero era evidente que nos entendíamos con la mirada.

Llevaba una camiseta de deporte de color turquesa que cubría sus pechos y que me hizo pensar en ella desnuda bajo mi cuerpo, en mí atrapándola con las manos y la boca. La deseaba con tantas fuerzas que dolía. Imagino que esto es lo que se siente cuando estás enamorado: te duele de un modo que solo hay una cura. Brynne era mi cura. Mientras la esperaba me pasaron por la cabeza imágenes de nosotros haciendo el amor; me perseguían las escenas en las que se desataban mis deseos de manera implacable y con un ansia que me abrasaba de arriba abajo. Brynne me abrasaba. El señor Keats sabía con certeza de lo que hablaba en sus poemas.

Extendí la mano y fijé los ojos en los de ella, pero mis pies no se movieron. Y entonces vi un atisbo de cambio. Un parpadeo en sus preciosos ojos. Ella comprendió lo que le estaba pidiendo. Lo entendió. Y, de nuevo, me recordó lo bien que estábamos juntos en todos los niveles. Brynne me entendía y eso solo hacía que la deseara con más fuerza si cabía.

Siguió acercándose y levantó el brazo. Cada vez más cerca de mí hasta que nuestros dedos se tocaron, hasta que su pequeña y delicada mano descansó sobre la mía, mucho más grande. Mis dedos envolvieron su muñeca y su palma de la mano con firmeza y tiré de ella el resto de la distancia que nos separaba. Justo contra mi pecho, cuerpo contra cuerpo. La envolví con los brazos y enterré la cabeza en su cabello. El aroma que tan bien conocía y anhelaba inundaba mi olfato y mis sentidos de nuevo. La tenía. Tenía a Brynne otra vez.

Me eché hacia atrás y cogí su cabeza entre mis manos. La sujeté en esa posición para poder mirarla bien. Sus ojos no flaquearon. Mi chica era valiente. La vida a veces daba asco, pero ella era fuerte y nunca tiraba la toalla. Le miré los labios y supe que la iba a besar quisiera o no. Esperaba que quisiera.

Sus preciosos labios eran tan dulces y suaves como siempre. Más si cabe porque no los había tenido durante mucho tiempo. Sentí como si estuviera en el paraíso al tener mi boca junto a la suya. Sentí como si me fundiera en aquel instante y olvidé que estábamos en público. Como si me fundiera en mi Brynne en cuanto ella reaccionó.

Me devolvió el beso y la sensación de su lengua enredada en la mía fue tan placentera que gemí contra su boca. Sabía lo que quería hacer. Y mis requisitos eran pocos. Privacidad. Brynne desnuda. Las cosas eran así de simples. Recordé que nos encontrábamos entre una multitud de seres humanos en el Victoria Embankment y, muy a mi pesar, muy lejos de estar a solas.

Dejé de besarla y acaricié su labio inferior con mi pulgar.

—Vas a venirte conmigo. Ahora.

Afirmó con la cabeza todavía entre mis manos y me volvió a besar. Un beso con el que me daba las gracias.

No hablamos mientras caminábamos hacia el Range Rover. Pero íbamos de la mano. No la iba a soltar hasta que no me quedara más remedio, cuando entráramos en el coche. En cuanto estuvo en el asiento del copiloto y se cerraron las puertas me giré y la miré bien. Parecía muerta de hambre y eso me enfadó. Recordé la primera noche que nos conocimos y cómo le compré la barrita de proteínas y el agua.

—¿Adónde vamos? —me preguntó.

—¿En primer lugar? A por algo de comida para ti. —Mis palabras fueron un poco más bruscas de lo que pretendía. Afirmó con la cabeza y luego apartó la mirada y posó la vista fuera de la ventanilla—. Después de que comas vamos a comprarte un teléfono nuevo con otro número. Necesito que me des el viejo para poder rastrear a quien trate de ponerse en contacto contigo. ¿De acuerdo? —Bajó la mirada a su regazo y volvió a asentir con la cabeza. Estuve a punto de tirar de ella y de cogerla entre mis brazos para decirle que todo saldría bien, pero me contuve—. Luego te llevaré a casa. Ahora mi casa es tu casa.

—Ethan, eso no es una buena idea —susurró, todavía con la mirada en su regazo.

—A la mierda con las buenas ideas —exploté—. ¿Podrías mirarme a la cara al menos?

—Levantó la mirada, fijó los ojos en los míos y ardieron con destellos de un color rojo fuego, lo que les hacía parecer muy marrones. Quería tirar de ella hacia mí y sacudirla, hacerla reaccionar y obligarla a entender que esta mierda de no estar juntos era parte del pasado. Ella iba a venir a casa conmigo, punto y final. Giré la llave y arranqué.

—¿Qué quieres de mí, Ethan?

—Eso es muy fácil. —Hice un ruido inapropiado—. Quiero retroceder diez días. Quiero tenerte en mi oficina, ¡follarte en la mesa de mi despacho con tus piernas envueltas en mí! Quiero tu cuerpo debajo del mío y que me mires con unos ojos distintos a los que me pusiste cuando me dejaste frente a los ascensores. —Posé la frente en el volante y cogí aire.

—Vale…, Ethan. —Su voz sonaba temblorosa y más que ligeramente entristecida.

—¿Vale, Ethan? —la imité—. ¿Eso qué significa? ¿Que vale que me voy a casa contigo? ¿Que vale que estamos juntos? ¿Que vale que me dejas que te proteja? ¿Qué? Necesito más que eso, Brynne —hablaba con la mirada posada en el limpiaparabrisas porque tenía miedo de ver su cara en ese preciso momento. Qué pasaría si no era capaz de hacerla entrar en razón…

Se inclinó hacia mí y me puso la mano en la pierna.

—Ethan, necesito…, necesito…, necesito… que me digas la verdad. Necesito saber qué está pasando a mi alrededor…

Inmediatamente le cubrí la mano con la mía.

—Lo sé, nena. Fue un error no contártelo…

Negó con la cabeza.

—No, no lo sabes. Deja que termine de hablar. —Llevó sus dedos a mi boca para callarme—. Siempre me interrumpes.

—Ya me callo. —Cogí sus dedos con mi otra mano y los mantuve en mis labios. Se los besé y no los solté. Mierda, tenía que aprovechar la mínima oportunidad que se me presentara.

—Tu sinceridad y franqueza son unas de las cosas que me enamoraron de ti, Ethan. Siempre me dijiste lo que querías, lo que pretendías hacer y cómo te sentías. Eras sincero conmigo y eso me daba seguridad. —Ladeó la cabeza y negó con ella—. No tienes ni idea de lo mucho que necesitaba eso de ti. No tenía miedo a lo desconocido porque tú lo hacías tan bien diciéndome exactamente lo que querías que pasara entre nosotros. Eso es justo lo que funciona conmigo. Pero confié en ti de manera incondicional y tú lo estropeaste al no ser sincero, y al no contarme que te habían contratado para protegerme. El hecho de que necesite protección es algo que me vuelve jodidamente loca, así que ¿no crees que tengo el jodido derecho a saberlo todo?

Dios, era tan sexy cuando se encendía y decía palabrotas. Le dejé tener su momento de gloria porque tenía toda la razón.

Cuando apartó los dedos de mis labios y me dio permiso para hablar, vocalicé mis palabras más que decirlas: «Lo siento muchísimo». Y lo sentía con toda mi alma. Lo había hecho mal. Brynne necesitaba oír la cruda verdad. Tenía sus motivos; para ella era una necesidad y yo lo había fastidiado todo. *Espera un momento. ¿Acababa de decir «unas de las cosas que me enamoraron de ti»?*

—Pero… desde que he hablado con mi padre y me ha dicho cosas que no sabía hasta ahora, me he dado cuenta de que no es totalmente culpa tuya. Mi padre te ha colocado en una posición que tú no pediste…, y he estado tratando de verlo desde tu punto de vista. Tu carta me ha ayudado a entenderlo.

—Entonces ¿me perdonas y olvidamos todo este maldito lío? —Aunque tenía esperanzas, no las tenía todas conmigo—. Solo me lo tienes que decir directamente y así puedo decidir qué hacer. Me gustaría saberlo.

—Ethan, hay muchas cosas que no sabes de mí. No tienes ni idea de lo que me pasó, ¿verdad?

Brynne me miró de una manera que revelaba los años de angustia que había vivido. Quería hacer que desapareciera su dolor. Ojalá pudiera decirle que no me importaba saberlo. Si era horrible y le hacía daño contarlo, no tenía por qué hacerlo. Pero sabía que Brynne no era así. Necesitaba poner todas las cartas sobre la mesa para poder tirar hacia delante.

—Imagino que no. No me di cuenta de que tu pasado te había marcado tanto y hasta hace tan poco. Pensé que te estaba protegiendo de una posible vigilancia política o de que te vieras expuesta a que alguien te hiciera daño o tratara de sacar dinero de todo esto. Cuando vi que te perseguían tus fantasmas me preocupé y llegué incluso a asustarte, a herirte. Solo quería protegerte y que siguiéramos juntos —le hablé a la cara, tan cerca de la mía que podía sentir las partículas elementales de su cuerpo con cada inspiración.

—Lo sé, Ethan. Ahora lo comprendo. —Se echó completamente hacia atrás en su asiento—. Pero sigues sin saberlo todo. —Volvió a mirar por la ventanilla—. No vas a querer escucharlo. Puede que no… quieras… estar conmigo después de saberlo.

—No me digas eso. Sé perfectamente lo que quiero. —Alargué la mano hasta su barbilla y tiré de ella hacia mí—. Vamos a por algo de comida y luego me puedes contar lo que necesites. ¿Sí?

Afirmó con la cabeza ligeramente, de esa manera tan sumisa y característica de ella: la mirada que me ponía me volvía loco hasta tal punto que me sorprendían incluso a mí las ganas que sentía de poseerla.

Era consciente de que estaba dolida y asustada, pero también sabía que era fuerte y que lucharía contra lo que la persiguiera, fuera lo que fuera. Sin embargo, eso no cambiaba lo que sentía por ella. Para mí, era mi preciosa chica americana y siempre lo sería.

—No me voy a ninguna parte, Brynne. No te vas a separar de mí, así que es mejor que te vayas acostumbrando —dije. La besé en los labios y le solté la barbilla.

Esbozó media sonrisa mientras yo daba marcha atrás con el coche.

—Te he echado mucho de menos, Ethan.

—No te haces una idea. —Alargué la mano y le volví a tocar la cara. No podía evitarlo. Tocarla significaba que realmente estaba aquí conmigo. Acariciar su piel y su cuerpo cálido me recordaba que no estaba soñando—. Primero la comida. Vas a comer algo sustancioso mientras yo miro y disfruto de cada segundo de tu preciosa boca mientras lo haces. ¿Qué te apetece?

—No sé. ¿Pizza? No voy vestida para ir a un restaurante a cenar, me temo. —Sonrió y señaló su ropa—. Tú vas de traje.

—Cómo vas vestida es la menor de mis preocupaciones, nena. —Llevé su mano a mis labios y besé su suave piel—. Para mí estás preciosa con cualquier cosa…, o sin nada. Sobre todo sin nada. —Traté de bromear.

Se ruborizó un poco. Sentí el palpitar de mi sexo cuando vi su reacción. La quería conmigo en mi casa con todas mis fuerzas. En mi cama, donde podría tenerla toda la noche y saber que no se separaría de mí. No iba a volver a dejarla escapar.

Una vez ella me dijo que le encantaba cuando le besaba la mano. Y sé que es algo que no puedo evitar. Es difícil no tocarla y besarla todo el tiempo porque nunca he sido una persona que haya tenido que renunciar a algo que quisiera. Y la quería a ella.

Vocalizó «gracias» en silencio pero seguía pareciendo triste. Seguramente temía la conversación que teníamos pendiente pero sabía que debíamos hacerlo. Por su propio bien necesitaba contarme algo muy duro y yo tenía que escucharla. Si eso era lo que ella necesitaba para que pudiéramos seguir juntos, entonces escucharía lo que fuera.

—Pues pizza entonces. —Tuve que soltarle la mano para conducir, pero podía soportarlo. Por los pelos. Mi chica estaba justo a mi lado, en mi coche. Podía olerla y verla, hasta tocarla si alargaba la mano; así de cerca se encontraba. Y, por primera vez en días, el constante dolor que invadía mi pecho desapareció.

Capítulo
4

Tomar una pizza a la luz de las velas es algo maravilloso cuando estás con la persona adecuada. En mi caso se encontraba sentada frente a mí y no me importaba dónde estuviéramos siempre que estuviéramos juntos. Pero Brynne necesitaba comida y yo necesitaba escuchar su historia, así que el restaurante Bellissima valdría igual que cualquier otro.

Teníamos una mesa en un rincón privado y a oscuras, una botella de vino tinto y una enorme pizza de salchichas y champiñones para compartir. Traté de que no se sintiera incómoda y de no mirarla fijamente, pero resultaba muy difícil, maldita sea, porque mis ojos la ansiaban. Con voracidad.

No obstante, hice todo lo que pude para ser un confidente considerado. Enfrente de mí, Brynne parecía tener problemas para dilucidar por dónde empezar. Le sonreí y comenté lo rica que estaba la comida. Me di cuenta de que deseaba que comiera un poco más, pero no dije nada al respecto. Sé de sobra que es mejor no ser un cretino. Crecí con una hermana mayor y las lecciones de Hannah se me habían quedado grabadas después de muchos años. A las mujeres no les gusta que les digan qué deben comer o no. Era mejor dejarla en paz y esperar que todo fuera bien.

Parecía estar muy preocupada cuando empezó a hablarme de su vida y no me gustaba la tristeza que desprendía su lenguaje corporal ni el sonido de derrota que tenía su voz, pero todo eso era irrelevante.

—Mis padres se separaron cuando yo tenía catorce años. Me temo que no lo llevé muy bien. Soy hija única, por lo que supongo que quise llamar la atención o quizá me comportaba así como venganza por el divorcio. Ni idea, pero ¿sabes qué? En el instituto era un auténtico zorrón. —Levantó los ojos hacia los míos, grises como el acero y decididos a ir al grano—. Es verdad, así era. No elegí bien a los chicos con los que salí y me daba igual mi reputación. Era una niñata mimada e inmadura, y una imprudente total.

¡En serio! Primera sorpresa de la noche. No podía imaginarme a Brynne así, y tampoco quería hacerlo, pero mi lado más práctico se dio cuenta de que todo el mundo tenía un pasado, y mi chica no era diferente. No dije nada. Solo escuché y me impregné de la imagen de ella, tan cerca de mí.

—Luego pasó lo de aquella noticia tan sonada en California de hace unos años. Lo del hijo de un sheriff que hizo un vídeo de una chica en una fiesta. Ella estaba borrachísima cuando él y otros dos amigos suyos se la tiraron y jugaron con ella en una mesa de billar.

Sentí cómo se me erizaba el vello de la nuca. No, por favor.

—Me acuerdo de eso —le dije, obligándome a escucharla y a no reaccionar demasiado—. El sheriff trató de deshacerse de las pruebas que culpaban a su niño, pero salió a la luz y los hijos de puta fueron condenados de todos modos.

—Sí…, en el caso de esa chica fue así. —Brynne bajó la mirada a su pizza y luego volvió a posarla en mí—. Pero no en el mío. —Ella tenía los ojos vidriosos y de repente se me quitaron las ganas de cenar—. Fui a una fiesta con mi amiga Jessica y nos emborrachamos, por supuesto. Estaba tan borracha que no me acuerdo de nada de lo que pasó hasta que me desperté y les oí riéndose y hablando de mí. —Le dio un buen trago al vino antes de continuar—. Lance Oakley fue, es, un completo gilipollas, un pervertido arrogante y con dinero. Su padre en aquel entonces era senador estatal de California. No sé por qué salí con él. Seguramente porque me lo pidió sin más. Como he dicho antes, mi conducta no era la mejor. Me arriesgué demasiado. Así es como cuidaba de mí misma.

Odio esto.

—Él iba a la universidad y yo estaba en el último año de instituto —prosiguió—. Me temo que se creía con derecho a pensar que yo le estaría esperando cuando él volviera a casa por vacaciones, pero no era una relación seria ni mucho menos. Sé que me puso los cuernos. Él simplemente esperaba que yo me muriera por sus huesos y estuviera a su disposición cuando volviese de la universidad. Yo sabía que estaba cabreado conmigo porque salí con otro chico que conocí en una competición de atletismo, pero no tenía

ni idea de lo cruel que sería conmigo por culpa
de eso.

—¿Ibas a atletismo en el instituto? —pregunté.

—Sí…, corría. —Asintió con la cabeza y volvió a mirar su vaso—. Total, que me desperté en
una completa nebulosa e incapaz de mover las
extremidades. Creemos que quizá me echaron
algo en la bebida… —Bebió con dificultad y continuó con valentía—. Hablaban sobre mí pero al
principio no sabía que era yo. Ni lo que me habían hecho. Eran tres y eran las vacaciones de
Acción de Gracias. Ni siquiera conocía a los
otros dos, solo a Lance. No eran de mi colegio.
—Le dio un trago al vino—. Les oía reírse de una
chica. Estaban contando cómo le habían metido
un palo de billar y una botella…, y cómo se la
habían follado con esas cosas…, y cómo esa puta lo pedía a gritos.

Brynne cerró los ojos y respiró hondo. Lo
sentía por ella. Quería matar a Oakley y a su
amigo, y deseaba que el tipo muerto siguiera vivo
para matarle a él también. No tenía ni idea de
esto. Había dado por hecho que lo que pasó no
fue más que un error que cometes de adolescente
y que un idiota decidió grabarlo, no una agresión

sexual en toda regla a una chica de diecisiete años. Alargué el brazo y le cubrí la mano con la mía. Se quedó paralizada durante un instante y cerró los ojos con fuerza, pero no se derrumbó. De nuevo, su valentía me dio una lección de humildad y esperé a que continuara hablando.

—Aunque no tenía ni idea de que hablaban de mí. Estaba tan trastornada… Cuando conseguí mover las piernas y los brazos forcejeé para ponerme en pie. Se rieron y me dejaron ahí, en la mesa. Supe que había tenido sexo pero no sabía con quién ni qué había pasado. Me sentía fatal y tenía resaca. Solo quería salir de allí, así que me puse la ropa, encontré a Jessica y me llevó a casa.

Me salió un gruñido espontáneo de la garganta. No lo pude evitar. Incluso a mis propios oídos sonaba como un perro. Brynne me miró sorprendida durante un segundo y luego observó mi mano, que estaba sobre la suya. Me centré en ella y guardé la compostura. Perder los nervios no ayudaría a Brynne en nada, por lo que pasé el dedo pulgar por su mano lentamente de un lado a otro, esperando con todas mis fuerzas que entendiera lo mucho que me dolía oír que la habían usado así. Mi mente no hacía más que darle vueltas a lo que acababa de compartir conmigo. En el momento de la agresión los responsables eran adultos y ella menor de edad. Interesante. No podía entender por qué Tom Bennett había omitido ese dato cuando me contrató. Imagino que estaba protegiendo la reputación de su única hija. Normal que perdiera los papeles cuando descubrió que nos estábamos acostando.

—Lo habría olvidado todo si no hubiera sido por el vídeo. No tenía ni idea de lo que me habían hecho ni que me habían grabado. Llegué al instituto el lunes y ahí estaba la gran noticia. Yo era la gran noticia. Me habían visto… desnuda, completamente borracha…, habían visto cómo jugaban conmigo…, cómo me follaban…, cómo me habían utilizado como un objeto. —Las lágrimas rodaron por sus mejillas pero no perdió la entereza. Siguió hablando mientras yo le sujetaba la mano—. Todo el mundo sabía que era yo. La gente había visto el vídeo a lo largo de todo el fin de semana y lo habían rulado. En el vídeo se me veía claramente, pero los chicos estaban fuera de plano, habían doblado el sonido con una canción y le habían quitado el audio, por lo que no podías oír sus voces para identificarlos. —Bajó la voz hasta que se convirtió en un susurro—. Usaron la canción de Nine Inch Nails titulada *Closer*, la que dice «Quiero follarte como un animal». Hicieron un vídeo con la música y colocaron la letra de la canción a un tamaño muy grande en la pantalla: «Me dejas violarte… Me dejas profanarte, me dejas penetrarte».

Ella flaqueó y mi corazón se rompió en mil pedazos por todo lo que había sufrido. Solo sabía lo mucho que quería que lo nuestro funcionara. Entonces la detuve. Tenía que hacerlo. No podía escuchar más y ser capaz de contener mi furia en público. Necesitábamos intimidad. Solo quería llevarla a casa y tenerla cerca. Lo demás lo podíamos decidir más tarde.

Le apreté la mano para que me mirara. Sus enormes ojos luminosos, con colores que se fundían en uno y llenos de lágrimas que quería secar con mis labios, se posaron en los míos.

—Déjame que te lleve a casa, por favor. —Asentí para hacerle entender que era lo que necesitábamos—. Ahora mismo quiero estar a solas contigo, Brynne. Lo demás no me importa mucho.

Ella emitió un sonido que me rasgó el corazón. Tan suave, pero herido y todavía en carne viva. Me levanté de la mesa de manera abrupta, tirando de ella, y, gracias a Dios, me siguió sin protestar. Lancé unos cuantos billetes a la mesa, la llevé al coche y la dejé en su asiento.

—¿Estás seguro de que eso es lo que quieres, Ethan? —me preguntó, con los ojos enrojecidos y llenos de lágrimas.

La miré directamente a la cara.

—Nunca he estado más seguro de nada. —Me incliné hacia ella y puse la mano en su nuca para controlar el beso. La besé en los labios con pasión, incluso apreté mi lengua contra sus dientes para que me diera acceso. Brynne necesitaba saber que todavía la deseaba. Sabía que estaba sufriendo con toda esa historia y con el hecho de que yo conociese su pasado. Ella había dado por sentado que ya no la desearía más una vez que supiera todos esos detalles.

Mi chica no podía estar más equivocada.

—Todas tus cosas siguen esperándote donde estaban. Solo quiero que sepas esto… —le hablé directamente, a pocos centímetros de la cara, atravesando sus enternecedores ojos—. No tengo ninguna intención de dejarte. —Tragué con dificultad—. Si vienes conmigo te llevas todo el paquete, Brynne. No sé ser de otra manera. Todo o nada. Para mí es todo. Y quiero que sea todo para ti.

—¿Todo o nada? —Me cogió la mejilla con la palma de la mano y la mantuvo ahí, y su pregunta sonaba auténtica.

Giré la cabeza y llevé los labios a la palma de la mano que tenía en mi cara.

—Es un término que se usa en póquer. Significa que apuestas todo lo que tienes. Tú eres todo lo que tengo.

Cerró los ojos de nuevo y su labio tembló ligeramente.

—No te lo he contado todo. Hay más. —Apartó la mano.

—Abre los ojos y mírame —dije con suavidad pero con firmeza. Ella obedeció al instante y tuve que reprimir un gruñido por lo mucho que me había excitado su gesto—. No me importa lo que no me has contado o lo que me acabas de contar en el restaurante. —Sacudí la cabeza un poco para que me entendiera—. Eso no va a cambiar lo que siento por ti. Sé que hablaremos más del tema y puedes contarme el resto cuando seas capaz… o cuando lo necesites. Lo escucharé. Necesito escucharlo todo en cualquier caso para asegurarme de que estás a salvo. Lo haré, te lo prometo, Brynne.

—Oh, Ethan. —Su labio inferior tembló mientras me miraba, y era tan guapa así, triste, como cuando estaba contenta.

Me daba cuenta de que a Brynne le preocupaban muchas cosas: compartir su pasado, mi reacción, las posibles amenazas contra su seguridad en Londres, mis sentimientos…, y quería desesperadamente borrar esa preocupación de su cara si me fuera posible. Deseaba que se liberara de todas sus cadenas y que estuviera tranquila para vivir su vida en paz, con un poco de suerte conmigo cerca. Nunca he prometido algo con la misma sinceridad que ahora. La mantendría a salvo, pero también quería asegurarme de que entendía lo que sucedería si aceptaba venir a casa conmigo.

—Pero nada de salir corriendo otra vez de mi lado, Brynne. Si necesitas un descanso está bien, lo respetaré y te daré algo de espacio. Pero me tienes que dejar ir a verte adonde estés, y tengo que saber que no te irás de repente…, o que no te dará por no querer saber nada de mí. —Le acaricié los labios con el pulgar—. Eso es lo que necesito de ti, nena. ¿Puedes hacer eso?

Empezó a respirar con más dificultad, su pecho subía y bajaba bajo esa camiseta apretada de color turquesa y sus ojos parpadeaban mientras le daba vueltas al tema. Me daba cuenta de que estaba asustada, pero Brynne tenía que aprender a confiar en mí si quería darle una oportunidad a lo nuestro. Me la jugué con la esperanza de que aceptara mi oferta. Sin embargo, no sabía muy bien qué haría en caso contrario. *¿Desmoronarme? ¿Convertirme en un verdadero acosador? ¿Apuntarme a psicoterapia?*

—Pero… me resulta tan difícil creer en una relación… Tú has llegado mucho más lejos que cualquier otra persona en mi vida. Por primera vez he tenido que elegir entre una relación seria y compleja o estar sola y sin complicaciones emocionales.

Gruñí y la agarré un poco más fuerte.

—Sé que estás asustada, pero quiero que nos demos una oportunidad. No estás destinada a estar sola. Estás destinada a estar conmigo. —Mis palabras sonaron un poco bruscas pero era demasiado tarde para dar marcha atrás.

Brynne me sorprendió con una pequeña sonrisa y negó con la cabeza.

—Eres diferente, Ethan Blackstone. ¿Siempre has sido así?

—¿Cómo?

—Así de exigente, tajante y directo.

Me encogí de hombros.

—Imagino. No sé. Solo sé cómo soy contigo. Contigo quiero cosas que no he querido antes. Te quiero a ti y eso es todo lo que sé. En este momento quiero que vengas a casa conmigo y que estemos juntos. Y quiero que me prometas que no te irás al primer atisbo de problemas. Me darás la oportunidad de arreglarlo y no te cerrarás en banda. —Le sujeté los hombros con las dos manos—. Puedo ser comprensivo si me dices lo que necesitas de mí. Quiero darte lo que necesites, Brynne. —Le pasé los pulgares por la nuca y su suave piel bajo mis dedos fue como un imán en cuanto empecé a tocarla. Una vez que había vuelto a sentirla tan cerca no quería perderla.

Echó la cabeza hacia atrás y cerró los ojos durante un instante, sucumbiendo ante nuestra atracción y dándome cierta esperanza. Dijo una palabra. Mi nombre.

—... Ethan.

—Sé de lo que hablo. Solo tienes que confiar en mí. —Apreté un poco más—. Elígeme. Elígenos.

Ella tembló. Lo vi, y también lo sentí. Brynne asintió y vocalizó unas palabras:

—Está bien. Te prometo que no volveré a salir corriendo.

La besé lentamente y mis manos subieron hasta su cara para sujetarla. Empujé la lengua entre sus dulces labios y agradecí que me dejara entrar. *Sí*. Me abrió paso y me devolvió el beso de un modo que su sedosa y cálida lengua se deslizó contra la mía. *El premio gordo*. Sabía que había ganado esta batalla. Quería dar un golpe en el volante y darle las gracias en silencio a mi madre en el cielo.

En su lugar seguí invadiendo la boca de Brynne. Con ese beso le dejé saber todo lo que sentía, cogiendo sus labios, dándole mordisquitos, tratando de estar dentro de ella. Cuanto más profundo estuviera más difícil sería para ella volver a dejarme. Mi mente funcionaba así con ella. Esto era una estrategia de guerra y podría hacerlo todo el día. No volvería a salir corriendo de mi lado nunca más, no habría escondites, ni excusas. Ella *sería* mía y dejaría que la amara.

Brynne se derritió en mis labios, se volvió dulce y sumisa, encontró el lugar que necesitaba y se acomodó, igual que hice yo al tomar el control. Entre nosotros funcionaba, y muy pero que muy bien. Me eché hacia atrás y suspiré con fuerza.

—Ahora vamos a casa.

—¿Qué ha sido de aquello que dijimos de tomarnos las cosas con calma? —preguntó con dulzura.

—Todo o nada, nena —susurré—, con nosotros no puede ser de otra manera. —Si supiera todo lo que tenía preparado para nosotros de cara al futuro posiblemente se volviera a asustar, así que no podía arriesgarme a contárselo. Habría tiempo de sobra para discutirlo más adelante.

—Todavía tenemos mucho de que hablar —me dijo.

—Y eso es lo que haremos. —*Junto a otras cosas*.

Se giró en el asiento y se echó hacia atrás para ponerse cómoda y mirarme a la cara mientras yo salía del aparcamiento. Me observó durante todo el trayecto. Me gustaba tener sus ojos en los míos.

Mejor dicho, me fascinaba, joder. Me fascinaba que estuviera a mi lado y que pareciera que me deseaba tanto como yo a ella. Yo también la miraba en cuanto podía apartar los ojos de la carretera.

—¿Todo o nada, eh? Creo que tengo que aprender a jugar al póquer.

Me reí.

—Ah, en eso no puedo estar más de acuerdo. No sé por qué pero creo que se te va a dar genial, cariño. —Arqueé las cejas—. ¿Jugamos primero a un *strip* póquer?

—Estaba esperando que lo mencionaras. Me encanta saber que no me has desilusionado —dijo, resoplando.

Sonreí y la imaginé haciendo un *striptease* cada vez que perdiese una mano al póquer. Yo también tenía mucha imaginación.

Al final me pidió que parara un momento en su piso para coger sus «pastillas». No estaba seguro de si se refería a las anticonceptivas o a las de dormir, pero no tenía ninguna intención de preguntárselo. Lo cierto es que necesitábamos las dos. Así que hice lo que haría cualquier hombre en sus cabales. La llevé a su casa. De nuevo me enorgullecí de no ser un cretino.

Esperé mientras hacía la bolsa. Le dije que trajera bastante ropa para varios días. Lo que realmente quería era que se quedara en mi casa de manera indefinida, pero no creía que ese fuera el momento adecuado para abordar el tema; por muy poco cretino que fuera.

Cuando entramos, los recuerdos inundaron mi mente. La pared pegada a la puerta principal estaba grabada en mi memoria. La imagen de ella con ese vestido corto morado no se alejaba de mí. Dios, ella había estado magnífica cuando lo hicimos contra la pared esa noche. *Me encanta esa jodida pared*. Ingenioso. Me reí por dentro por ese inteligente juego de palabras.

—¿Por qué sonríes ahora? —preguntó Brynne mientras salía de la habitación con la bolsa hecha y con mucho mejor aspecto que el que tenía por la tarde. Su personalidad había vuelto.

—Mmmm... Solo estaba pensando en lo mucho que me fascina esa pared. —Moví las cejas lo mejor que pude y le quité la bolsa de la mano.

Los bonitos labios de Brynne se abrieron en una expresión de sorpresa que enseguida se volvió una sonrisa.

—Sigues apañándotelas para hacerme reír, Ethan, a pesar de todo lo que ha pasado. Tienes un extraño don.

—Gracias. Me gusta compartir contigo los dones que tengo —comenté de manera sugerente, y la rodeé con el brazo mientras salíamos de su piso. Miró de reojo la pared cuando pasamos por delante—. Te he visto—dije.

—¿El qué? —preguntó con inocencia. Ah, desde luego que tenía cara de póquer. Me moría por jugar a las cartas con ella.

—Has mirado la pared y te has acordado del repaso que me diste ahí.

Me dio con el codo en las costillas de manera juguetona mientras caminábamos.

—¡Yo no hice nada por el estilo! Y tú fuiste el que me dio el repaso a mí, no al revés.

—Lo que sea. —Le hice cosquillas y se retorció junto a mí. Era maravilloso volver a tenerla entre mis brazos—. Acepta la verdad, nena, fue un polvo épico el que echamos contra esa pared.

Para cuando tuve a Brynne dentro de mi piso, la noche veraniega ya se había apoderado de toda la ciudad.

De camino habíamos parado una última vez en busca de un teléfono nuevo con otro número para ella. Habíamos necesitado casi una hora para configurarlo pero era necesario. Ahora su viejo móvil se encontraba en mi poder. Quienquiera que llamara a Brynne Bennett a ese número tendría que hablar conmigo.

Quizá esta noche investigaría a la persona que la había llamado y puede que hablase con Tom Bennett. No era una conversación que me emocionara especialmente, pero tampoco la iba a esquivar. *Hola, Tom. Me estoy volviendo a tirar a tu hija. Ah, y antes de que lo olvides, tienes que saber que su seguridad está ahora en mis manos. ¿Te he mencionado además que ella es mía? Mía, Tom. Vigilo muy de cerca todo lo que tengo.*

Mientras me preguntaba cómo se tomaría la noticia, me di cuenta de que no me importaba mucho. Era él quien había puesto a Brynne en mi camino. Ahora ella era mi prioridad. Me importaba mucho. Solo quería protegerla y mantenerla alejada de cualquier peligro. Él tendría que lidiar con la situación igual que lo hacía yo.

Caminé y me puse detrás de ella, que se encontraba de pie junto la ventana, mirando las luces de la ciudad. La primera vez que la traje a casa me dijo que le encantaban estas vistas. Yo le respondí que a mí me encantaba la vista de ella de pie en mi casa y que no era comparable con nada más. Seguía pensando lo mismo.

La toqué con cuidado y mis labios se posaron en sus hombros, en su oreja.

—¿Qué miras?

Vio mi reflejo en el cristal, por lo que no se sorprendió.

—La ciudad. Me encantan las luces por la noche.

—A mí me encanta observarte mientras miras las luces por la noche. —Le aparté el cabello a un lado y le besé el cuello. Ella giró la cabeza para dejarme hueco mientras yo inhalaba el aroma de su piel, que me drogaba y me volvía loco—. Es maravilloso tenerte aquí —susurré.

Cuando ella se hallaba cerca luchaba para controlar mis deseos. Este era un problema que nunca había tenido antes en una relación. Me encantaba la parte del sexo, soy un hombre y tengo mis necesidades. Nunca he tenido problemas a la hora de echarme ligues. A las chicas les gusto y, como dijo mi padre, eso pone las cosas más fáciles, lo que no significa que sea mejor. Cuando las mujeres van detrás de ti porque piensan que estás bueno y porque tienes dinero, las cosas enseguida se reducen a un intercambio muy primario. Cenar algo, un poco de sexo, quizá una segunda cita, es decir, otro polvo. Y entonces… adiós muy buenas. La conclusión es que no me gusta que me usen y me he pasado años viendo cómo las chicas trataban de hacerlo, de modo que se me quitaron las ganas de quedar con ellas solo por sexo.

Brynne me hacía reaccionar de otra manera y había sido así desde la primera vez que nos vimos. No parecía interesada. Si no la hubiera oído llamarme guapo por el pinganillo aquella noche en la galería, ni siquiera habría sabido que me había visto. Había tocado las teclas justas y por primera vez en la vida me importaba una chica mucho más que el sexo con ella.

Bueno, seguía importándome el sexo, pero ahora era diferente. Mi naturaleza controladora había crecido desde que conocí a Brynne, como si ella fuera la fuerza catalizadora. De hecho, sabía que así era. Con ella deseaba cosas que me asustaban porque no quería, o, mejor dicho, no podía soportar perderla.

Lo que había compartido conmigo esta noche me aterraba. También me dejó claro desde el principio su misterioso comportamiento. Sabía por qué seguía huyendo.

—Yo también me alegro de estar aquí. —Respiró con fuerza—. Te he echado muchísimo de menos, Ethan. —Se recostó hacia atrás junto a mí y la curva de su trasero se acercó a mis caderas. Dado que su dulce sexo solo estaba cubierto por la licra de sus pantalones cortos, mi miembro reaccionó, listo y dispuesto para ponerse manos a la obra.

¡Dios Santo! Eso fue todo lo que tardé en estar listo. Ella iba a sentir mi erección enseguida y luego ¿qué? No debería presionarla en este momento. Seguía sintiéndose frágil y necesitaba terminar de contarme su historia. Ojalá le pudiera decir eso a mi polla. Le giré la cabeza a Brynne para que se encontrara con la mía y asalté sus labios en un beso muy profundo que provocaba que la lógica fallara. Le mordisqueé y le lamí los labios, tratando de acercarla a mí. Sabía genial. Brynne se derritió tal y como yo quería y ya no sería capaz de dar marcha atrás. Necesitaba con todas mis fuerzas recuperar a mi chica de nuevo.

Solo un cretino querría llevársela a la cama y desnudarla en este momento. Por lo que sí, yo era un completo cretino.

Podía vivir con eso.

Brynne siempre me decía que le gustaba que fuera directo. Me había asegurado que se sentía mejor cuando yo le decía lo que quería porque así sabía lo que sucedería. Necesitaba eso de mí, así que respiré hondo y le dije lo que quería.

—Lo que quiero en este momento es llevarte a la cama. Quiero tenerte en mis brazos y quiero estar dentro de ti. —Examiné su cara mientras la sujetaba con las dos manos y busqué una respuesta en sus ojos.

Capítulo

5

Yo también te deseo —asintió, y acto seguido se puso de puntillas para besarme—. Llévame a la cama, Ethan. —Eran las palabras más bellas que mis oídos habían escuchado en días. Tomé esos dulces labios que me ofrecía y la levanté del suelo en brazos, su cuerpo apretado contra mi pecho.

Rodeó mis caderas con sus piernas y enterró su rostro en mi cuello. Gemí y empecé a caminar. Cuando llegamos a la habitación, la visión de la cama hecha con sábanas limpias nunca había sido tan reconfortante. *¡Lunes!* Annabelle había venido, ¡alabado sea Dios! Si las sábanas que había esta mañana hubieran seguido puestas, con los restos de mi lamentable masturbación, no sé qué habría hecho. Me puse una nota mental para darle a Annabelle una buena propina por haber sido tan discreta.

Dejé a Brynne boca arriba y me quedé contemplándola un momento. La necesidad de ir despacio esta vez era importante. Quería cuidarla y aceptar este regalo que me estaba ofreciendo. Necesitaba saborearla.

Su cabello oscilaba sobre sus hombros y sus ojos cobraron un tono verdoso por el reflejo de la blusa turquesa que todavía llevaba puesta. *Aunque no la llevaría durante mucho más tiempo.*

Empecé por sus zapatillas de deporte. Después los calcetines. Sujeté sus pies entre las palmas de mis manos y se los masajeé antes de subir por su pierna y sus caderas hasta la goma de sus pantalones cortos. Mis dedos se deslizaron por debajo y aprehendieron la cinturilla. Después tiraron de ella hacia abajo. Mis ojos contemplaron el descubrimiento de su piel a medida que la tela iba desapareciendo... El ombligo, los huesos de la cadera, el vientre, su sexo, y sus largas piernas. Piernas que me rodearían cuando estuviera bien dentro de su desnudo y precioso sexo. *Jesús bendito.*

Tenía sentido que mi chica fuera modelo. *Modelo de desnudos.* Tenía un cuerpo que ostentaba el poder de dejarme sin palabras. Sin embargo, aún no había terminado de mostrar mi obra maestra. Alargué la mano hacia la camiseta. Era también una parada rápida: no llevaba nada debajo. Tenía ganas de gritar un sí triunfal. Sus pechos se balancearon al quitarle la prenda por encima de la cabeza.

—Brynne..., estás preciosa.

Escuché el sonido de su nombre salir de mis labios pero no podía recordar haber pretendido pronunciarlo. Tenía que verla desnuda una vez más, recordar qué aspecto tenía, saber que poseía el derecho de acariciarla y de que confiaba en mí. Debía tener una pequeña parte de ella dentro de mí antes de poder hacer algo más, estaba así de desesperado.

Muy despacio, arrastré mi boca desde su ombligo hasta uno de sus perfectos pechos, cubriendo el pezón entero, lamiéndolo intensamente. Lo sumergí dentro de mi boca y acaricié con mis dedos la parte inferior de sus senos. *Muy suave.* Se le puso duro y prieto bajo mi lengua, pero debía tener en consideración al otro, para hacer justicia. Esas preciosidades necesitaban que mi atención las tratara por igual para ser del todo justos.

Se mostraba tan dócil y sensual yaciendo ahí para mí, llenando mis ojos con su imagen. Como un retrato. Pero uno que solo yo podría ver. *Eso no es verdad.* Un inoportuno cabreo cruzó de forma efímera mientras enterraba la idea de que otros la vieran desnuda en lo más profundo de las mazmorras de mi mente. Ahora mismo tenía un festín ante mí. Era hora de tomar parte en él.

Necesitaba sentir su piel con mi lengua y mis labios. La necesitaba tanto que mi cuerpo temblaba mientras me quitaba los zapatos y el cinturón. Me despojé de mi ropa con rapidez, consciente de que Brynne observaba cada movimiento que realizaba, de que sus ojos me recorrían de arriba abajo. Verla admirándome me ponía tan cachondo que me dolían los huevos y mi polla ardía. *Solo para ella.*

Bajé por la cama apoyándome en las rodillas, muy dubitativo sobre dónde ir primero. Ella era un banquete, con las piernas dobladas ligeramente aunque sin desvelar lo que me moría por ver. Un deseo ardiente surgió de alguna parte y las palabras salieron de mi boca.

—Ábrete y enséñamelo. Quiero ver lo que es mío, nena.

Despacito, sus pies se deslizaron hacia arriba hasta tenerlos apoyados sobre las sábanas, flexionando las piernas. Contuve el aliento y sentí los latidos de mi corazón en mi pecho. Movió una pierna a un lado, y después la otra. Así de simple. Hizo lo que le había pedido. Un movimiento grácil y sumiso que motivó una sacudida de lujuria en mi verga empalmada solo de ver el espectáculo que me estaba ofreciendo. Pero estaba lejos de sentirme satisfecho. Quería echar un buen vistazo antes de empezar con aquello que me había sido negado durante demasiados días.

—Pon las manos por encima de la cabeza y agárrate a la cama. —Sus ojos parpadearon un poco y miraron hacia mi boca—. Confía en mí. Voy a hacerte sentir tan bien, nena... Deja que lo haga a mi manera...

—Ethan —susurró, aunque hizo lo que le pedí: levantó poco a poco los brazos, cruzó las muñecas por encima de su cabeza y se sujetó al cabecero.

Dios, me encantaba cuando pronunciaba mi nombre durante el sexo. Me encanta cuando lo hace y punto.

—Nena.

Sus pechos pendieron hacia los lados y se levantaron un poco al alzar los brazos. Esos perfectos pezones con forma de frambuesa suplicaban mi lengua de nuevo. Volví a ellos, lamiendo y pellizcando su piel sensible, encantado de comprobar cómo se deslizaba bajo mi boca. Nos movíamos de manera acompasada.

Separé mis labios de su cuerpo. Mis dedos se extendieron hacia su pezón y lo rodearon antes de tirar de la punta hacia arriba, en un ligero pellizco. Ella gimió y se arqueó, pero sus brazos continuaron en lo alto. Pellizqué el otro y observé cómo movía un poco las caderas, abriendo más las piernas y exhibiendo aún más la parte de su cuerpo que necesitaba conocer de nuevo.

—Estás tan guapa así… —dije contra su tripa mientras la besaba hasta llegar al lugar que necesitaba tener contra mi boca. Primero lo besé, y me encantó cómo reaccionó. Tembló bajo mi caricia. Pasé mi lengua por sus pliegues, manteniéndola abierta como una flor. *Mía.* Contrajo sus músculos y gimió. Pequeños y leves ruidos de placer y excitación. Ella deseaba lo que yo era capaz de darle. Me deseaba a *mí*—. Eres tan… jodidamente guapa, Brynne —murmuré contra su sexo.

—Tú me haces sentir guapa —balbuceó en un susurro, y se abrió un poquito más debajo de mí.

—Eso es..., dámelo todo a *mí*, nena —dije al tiempo que besaba los labios de su sexo tal y como hacía con los de su boca—. Voy a hacer que te corras tanto que no vas a poder pensar nada más que en mí mientras te lo hago —le avisé.

—Hazlo, por favor...

Gruñí contra su sexo.

—Hacer que te corras con mi lengua es lo más sexy que hay en el mundo. Cómo te mueves. Cómo sabes. Cómo suenas cuando lo haces...

—Aaah —gimió mientras se agitaba debajo de mí. *Qué gemido tan sensual.*

Continué introduciendo la lengua con fervor mientras ella gritaba y arqueaba sus caderas para recibir mi boca. La mantuve abierta y devoré su sexo suave y tembloroso. No podía parar, ni siquiera aminorar. Mis labios contra su sexo, donde mi lengua podía encontrar el camino dentro de ella una y otra vez, era todo lo que me importaba. No me detuve, continué acariciando su clítoris hasta que sentí que se corría.

—¡Oh, Dios, Ethan! —gritó con dulzura, temblando a medida que llegaba al clímax.

—Mmm..., mmm... —gruñí, casi incapaz de hablar—. ¡Ahora vas a hacerlo otra vez! —le dije mientras me encaramaba y enfilaba mi pene a la altura justa. Me sobresalté cuando nuestros sexos se tocaron, como una descarga eléctrica. Nuestros ojos se encontraron y los suyos se abrieron desmesuradamente en el preciso instante en que la hice mía.

Enterré mi verga con una fuerte y húmeda embestida, incapaz de contenerme ni un segundo más. Cuando me hundí en ella lanzó el gemido más sexy que había escuchado jamás. Joder, era increíble, contraída y ardiente, mientras me adentraba en su interior y sus músculos internos me agarraban con la fuerza del orgasmo que estaba teniendo. Era algo tan bueno que me aterraba comprender el poder que ella ejercía sobre mí. Brynne me mantenía cautivo, como había hecho desde el principio. En el sexo no era distinto. Me mantenía cautivo todo el tiempo.

Se movía conmigo, aceptando cada embestida como si necesitara eso de mí para vivir.

—¡Voy a follarte hasta que te corras de nuevo!

Y lo hice.

Brynne lo aguantó todo: cada embestida de mi sexo en su dulce cueva, el sonido de nuestros cuerpos chocando uno con otro y llenando el aire, llevándonos más cerca del clímax. Me cerní sobre su cara, cautivando su mirada con la mía, poseyendo su cuerpo con el mío. Solo la veía a ella. Solo la sentía a ella. Solo la oía a ella.

Se contrajo cuando llegué a lo más profundo y puso los ojos en blanco, abriendo sin querer la boca. También la hice mía. Cubrí sus labios con los míos y arremetí dentro con mi lengua. Ahogué sus gritos cuando comenzó a correrse y le di los míos cuando el orgasmo se apoderó de mis testículos. Esto iba a ser tremendo: una explosión indescriptible, un placer que no podía expresar con palabras, hizo disparar mi sexo. Solo podía perderme en ella y resistir a caer en la inconsciencia con el estallido.

Mi cuerpo se detuvo y se quedó enterrado en ella, todavía tembloroso con las vibraciones. No quería abandonar jamás ese lugar. ¿Cómo podría hacerlo?

Pasó un rato y ambos tomamos aire. La simple tarea de coger oxígeno era agotadora. Podía sentir su corazón latiendo bajo mi pecho, así como los pequeños espasmos de placer que se extendían hasta el final de mi verga en las estrechas paredes de su sexo.

Era increíble, joder.

Cuando fui capaz de separar mi boca de su piel, me acerqué a su cara, en busca de alguna señal positiva en sus ojos. Tenía miedo de lo que pudiera ver. La última vez que habíamos estado así juntos habían pasado cosas muy malas después. *Te dijo que te apartaras de ella y se fue por la puerta.*

—Te quiero —murmuré en voz muy baja a escasos centímetros de su cara, y vi cómo sus ojos se iluminaban y se ponían húmedos. Empezó a llorar.

No era realmente la reacción que esperaba. Me separé de su cuerpo y sentí la humedad entre nosotros. Sin embargo, Brynne me sorprendió todavía más. En lugar de distanciarse, se arrulló contra mi pecho, pegada a mí, sollozando quedamente. Lloraba pero no intentaba apartarse de mí. Estaba buscando consuelo. Comprendí que jamás entendería la mente de una mujer.

—Dime que todo va a ir bien..., aunque no sea así... —dijo entre sollozos.

—Irá bien, nena. Me aseguraré de ello.

Tenía tantas ganas de fumarme un Djarum que podía saborearlo. En lugar de eso la apreté contra mí y acaricié su cabello, enrollando mis dedos entre sus suaves mechones una y otra vez hasta que dejó de llorar.

—¿Por qué? —preguntó al cabo de un rato.

—¿Por qué qué? —respondí mientras la besaba en la frente.

—¿Por qué me quieres? —Su tono era bajo, pero la pregunta la escuché con claridad.

—No puedo cambiar cómo me siento o saber *por qué*, Brynne. Solo sé que eres mi chica y que debo hacer caso a mi corazón.

Ella todavía no podía decir lo mismo. Sabía que se preocupaba por mí, pero creo que estaba convencida de que, sobre todo, no merecía el amor. Ni darlo ni recibirlo.

—Todavía no te he contado el resto de la historia, Ethan.

Bingo.

—¿De qué tienes miedo? —inquirí mientras se tensaba entre mis brazos—. Dime qué te atemoriza, nena.

—De que pares.

—¿Parar de quererte? No. No lo haré.

—¿Y cuando lo sepas todo? Soy un completo desastre, Ethan —dijo alzando la vista, sus ojos chispeantes una vez más con colores distintos.

—Mmm —murmuré mientras besaba la punta de su nariz—. Ya sé lo suficiente y no cambia nada respecto a mis sentimientos. No puedes ser peor de lo que soy yo. Te ordeno que dejes de preocuparte. Y tienes razón. Eso que tienes ahí abajo sí que es un desastre, y lo he provocado yo —añadí al tiempo que introducía mi mano entre sus piernas y deslizaba mis dedos por su sexo, sintiendo lo que había puesto ahí. Al animal que llevaba dentro le encantaba la idea de todo ese semen en su interior, pero a ella seguramente no—. Démonos un baño juntos y podremos hablar un poco más.

Sus ojos se abrieron de par en par por mi caricia, pero asintió con la cabeza.

—Eso suena muy bien.

Salí rodando de la cama y fui a llenar la bañera. Sus ojos me siguieron, escrutando mi espalda. Sabía que miraba mis cicatrices. Sabía también que pronto me preguntaría por ellas. Y yo tendría que compartir mi maldito y terrible pasado. No quería hacerlo. La idea de hacerla partícipe de esa mierda iba en contra de todos mis instintos, pero, aun así, no podría ocultarle la verdad otra vez. Eso no era posible con Brynne, había aprendido la lección.

Eché sales de baño y regulé la temperatura. Alcé la vista para contemplarla mientras entraba en el cuarto de aseo. Venía hacia mí desnuda y preciosa, y me dejó sin aliento aun a pesar de lo delgada que se había quedado. Me sorprendí pensando en echar otro polvo salvaje, pero me obligué a ignorarlo para que la parte racional de mi cerebro pudiera funcionar. Teníamos que hablar muy seriamente sobre varios asuntos y el sexo siempre se las apañaba para ponerse el primero de la fila y eclipsar todo lo demás. *Avaricioso bastardo*.

De modo que en lugar de eso, cogí su mano, la ayudé a entrar en la bañera conmigo y nos acomodamos juntos. Yo me senté detrás primero y la puse delante de mí, con su culito resbaladizo descansando tentador contra mi verga, que de pronto se despertó de nuevo. Le ordené a mi pene que se quedara quieto de una vez y que pensara en Muriel, la vendedora ambulante, y en su bigote, si quería seguir teniendo el divino sexo de Brynne.

El truco funcionó. Muriel era horrible, quizá ni siquiera era realmente una mujer. Quizá ni siquiera humana. De hecho, estoy seguro de que Muriel es en realidad un alienígena en misión de exploración, enviado aquí para vender periódicos y aprender nuestra lengua. Seguía anhelando mis Djarums. Montones de ellos.

—¿Fumas aquí dentro? —preguntó Brynne aspirando el aire.

—A veces. —*Tenía que dejar de hacer eso de todas todas*—. Pero tendré que dejar de fumar dentro de casa ahora que estás aquí conmigo.

—No me importa, Ethan. El aroma de la especia y el clavo es agradable y no me molesta, pero sé que es malo para ti y esa parte no me gusta.

—Estoy intentando dejarlo —dije mientras deslizaba mis manos hacia arriba por su brazo y luego hacia su pecho, que estaba justo al nivel del agua—. Contigo aquí me será más fácil. Puedes ser mi acicate, ¿vale?

Ella cogió aire con fuerza y asintió. Entonces comenzó a hablar.

—Nunca más volví a mi instituto. A tan solo seis meses de la graduación lo dejé. Mis padres estaban impactados por el cambio que se había producido en mí. No pasó mucho tiempo hasta que se enteraron de lo del vídeo. Discutieron sobre qué hacer y tenían opiniones distintas. A mí no me importaba. Tenía la cabeza en otra parte, y estaba muy, muy enferma. Me resulta duro admitirlo, pero es la verdad. Estaba destrozada emocionalmente, sin ninguna opción de escapar de mis demonios.

Besé su nuca y la abracé un poquito más fuerte. Sabía mucho sobre demonios y sobre lo cabrones que eran.

—¿Puedo preguntarte por qué no intentaron tus padres presentar cargos de agresión sexual contra los tres? No creo que hubiera sido difícil que los detuvieran. Tú eras menor de edad y ellos adultos... Además estaba la prueba del vídeo.

—Mi padre quería que fueran a la cárcel. Mi madre no deseaba publicidad. Afirmó que una fama de ramera solo ensuciaría nuestro nombre y trastornaría nuestras relaciones sociales. Quizá tenía razón. Pero, una vez más, no me importaba lo que hiciera nadie al respecto. Estaba perdida en mí misma.

—Oh, nena...

—Y entonces descubrí que me habían dejado embarazada. —Me tensé ante esa horrible noticia. *Joder...* —. Eso casi acaba conmigo, me dejó al borde del precipicio. Yo..., yo no podía soportarlo. Mi padre no sabía qué hacer respecto al embarazo. Empezó a hablar del tema con el senador. Mi madre fijó una cita para que abortara y yo ya no podía manejar la situación. No quería un bebé. Pero tampoco quería matar lo que tenía dentro de mí. Quería olvidar ese incidente y todo y todos me lo recordaban. Supongo que si me hubiera sentido mejor conmigo misma podría haber pensado las cosas, pero si me hubiera sentido mejor conmigo misma no habría ido nunca a esa fiesta y no habría terminado en esa mesa de billar.

—Lo siento tanto... —dije con suavidad pero con firmeza, con la intención de que ella entendiera de verdad cómo me sentía—. Escucha, nena, no puedes culparte por lo que te pasó —añadí acercándome a su oreja—. Fuiste víctima de un crimen y tratada de un modo abominable. No fue culpa tuya, Brynne. Espero que ahora sepas esto.

Froté arriba y abajo sus brazos, echando agua caliente sobre su piel.

Se acurrucó más junto a mi cuerpo y respiró hondo.

—Creo que ahora lo sé, más o menos. La doctora Roswell me ayudó, y encontrar mi lugar en el mundo también me ha servido. Pero en ese momento estaba destrozada. Se había acabado mi vida. No podía ver el camino.

Todo el calor previo me abandonó y me preparé para lo que estaba por venir. Como cuando hay un accidente y no puedes dejar de mirar, tenía que saber qué le había pasado pero al mismo tiempo no quería saberlo. No quería ir con ella a visitar a sus demonios.

Cambió de postura e hizo remolinos en el agua con sus dedos mientras comenzaba a hablar de nuevo.

—Nunca había sentido tanta calma como ese día. Me levanté y supe qué quería hacer. Esperé a que mi padre se fuera al trabajo. Me sentía mal por hacerlo en su casa, pero sabía que mi madre jamás me perdonaría si lo hacía en la suya. Les escribí unas cartas de despedida y las dejé sobre mi cama. Entonces cogí un puñado de pastillas para dormir que le había robado a mi madre, me metí en la bañera y me hice un corte en la muñeca.

—No...

Mi corazón se encogió de dolor y todo lo que pude hacer fue apretarla contra mí, sentir su cuerpo cálido y agradecer que estuviera ahora mismo conmigo. Imaginármela a punto de quitarse la vida, con lo joven que era, y sintiendo que no tenía otras opciones era escalofriante. Sabía lo que sentía por Brynne y esto me había aterrado.

—Sin embargo, eso también se me dio fatal. Me quedé dormida, pero no me hice un corte lo bastante profundo como para desangrarme, o eso me dijeron más tarde. Las pastillas que me había tomado ni siquiera habían supuesto un peligro. Mi padre me encontró a tiempo. Vino a casa a comer para ver cómo estaba. Dijo que durante toda la mañana había tenido un extraño presentimiento y que por eso fue a casa. Me salvó.

Brynne se estremeció ligeramente y giró un poco más la cabeza para descansar su mejilla sobre mi pecho.

Gracias, Tom Bennett.

—Me alegra tanto que se te diera tan mal... —susurré—. Mi niña no puede ser brillante en todo —comenté para tratar de levantar un poco los ánimos, pero era una conversación que no debía llevar yo. Mi papel era escuchar, de modo que besé otra vez su cabello y le posé la mano sobre el corazón—. Cuando hable con tu padre le daré las gracias —murmuré.

—Me desperté en un hospital psiquiátrico. Las primeras palabras de mi madre fueron que había tenido un aborto espontáneo y que había hecho algo muy estúpido y egoísta, y que los médicos tenían que mantenerme bajo vigilancia para que no me suicidara. No manejó bien las cosas. Sé que la había avergonzado. Y ahora que soy mayor puedo imaginar lo que les hice pasar a mis padres, pero ella tampoco parecía querer afrontar lo que yo había hecho. Mi madre insistió e insistió en que era una bendición haber acabado con lo del embarazo, como si eso fuera su mayor preocupación. Nuestra relación no es sencilla. Ella no aprueba casi nada de lo que hago. —Brynne suspiró otra vez junto a mi pecho. Yo me limité a continuar acariciándola para asegurarme de que, en efecto, seguía aquí. Mi chica me estaba contando sus secretos más íntimos, en un baño caliente, desnuda entre mis brazos después de un polvo alucinante. No tenía quejas. Bueno, quizá alguna, pero no se las diría a Brynne. Continué echando agua caliente sobre sus brazos y sus pechos, y pensé hasta qué punto desaprobaba a su madre. ¿Qué madre diría algo así a su hija después de un intento de suicidio?—. Cuando todo hubo acabado mis padres me enviaron a un lugar tranquilo en el desierto de Nuevo México. Me llevó tiempo, pero mejoré y al final aprendí a convivir con mi pasado. No de forma impecable, pero supongo que conseguí hacer algunos progresos notables. Descubrí mi interés por el arte y maduré. —Brynne interrumpió de nuevo su historia, como si estuviera midiendo cómo la estaba recibiendo y si me impactaba o me horrorizaba. Se preocupaba demasiado. Cogí la muñeca con las cicatrices y la besé justo sobre las marcas. Pequeñas rayas blancas casaban con su, por otra parte, perfecta piel brillante y translúcida, con sus venas azules asomando debajo. La idea de ella haciéndose cortes en esa piel me entristecía sobremanera al pensar en lo que había tenido que soportar.

Tuve de pronto una revelación: Brynne había llevado a cabo su tentativa de suicidio más o menos al mismo tiempo que yo estaba en la prisión afgana a punto de ser...

Entrelazó sus dedos con los míos y me sacó de mis pensamientos. Acto seguido se llevó nuestras manos hasta la boca y las sostuvo contra sus labios. Brynne estaba besando *mi* mano. Sentí cómo un cosquilleo cálido recorría todo mi cuerpo e intenté aferrarme a esa maravillosa sensación mientras durara, ya que su gesto me había emocionado demasiado como para decir nada.

—Nunca supe que mi padre fue a hablar con el senador Oakley y que en resumen le chantajeó. Estaba furioso por haber estado a punto de perderme, y culpó a Lance Oakley de todo. Mi padre quería presentar cargos pero se dio cuenta de que yo no me encontraba en condiciones de soportar un juicio y que probablemente nunca lo estaría. Además, a esto se sumó que mi madre le dijo que lo dejara como estaba y que permitiera que me curara en paz, convenciéndole de que abandonara la idea de un proceso judicial. Pero mi padre seguía queriendo algún tipo de compensación. El senador Oakley solo quería alejar esa mierda, ponerla lo más lejos posible de su carrera política, así que obligó a su hijo a que se enrolara en el Ejército, y el mayor de sus problemas quedó resuelto cuando enviaron a Lance a Irak. Después arregló mi ingreso en la Universidad de Londres cuando llegó el momento en que ya estuve lo suficientemente bien como para dejar Nuevo México e ir a la facultad. Nos decidimos por Londres sobre todo porque se hallaba muy lejos de casa y porque el arte estaba aquí. Podía hablar el mismo idioma y mi tía Marie vive aquí, así que no estaría totalmente sola en un país extranjero sin nadie de mi familia.

—¿De modo que el senador ha sabido todos estos años dónde estabas con exactitud?

La situación era una mierda, mucho más grave de lo que había podido imaginar, y los riesgos para Brynne podían ser enormes.

—No supe esa parte hasta la semana pasada —murmuró—. Pensaba que había ingresado por mis propios méritos.

—Puedo entender cuánto ha podido molestarte eso, pero te licenciaste gracias a tus méritos, eres ejemplar en tu campo. Te he visto trabajar y sé que eres brillante en lo que haces —dije con un tono jocoso al tiempo que besaba el extremo de su mandíbula—. Mi *nerd* adorable, la profesora Bennett.

—¿*Nerd*? —repitió riéndose—. ¿Qué tipo de palabra es esa?

—Bueno, empollona, como lo quieras llamar. Esa eres tú. Una empollona y una artista a la cual adoro. —Giré su cabeza hacia la mía para encontrarme con sus labios y darle otro beso. Sabía que los dos estábamos recordando nuestra ridícula conversación de aquella mañana en el coche sobre la profesora que llamaba a su despacho al estudiante que se había portado mal. Ella sería la profesora y yo el alumno desobediente.

—Estás loco —dijo junto a mis labios.

—Loco por ti —contesté apretujándola un poco—. Pero, en serio, el senador Oakley te debe muchísimo más de lo que te dio, aunque no me hace demasiado feliz saber que conoce en qué punto del planeta estás y qué estás haciendo cada día.

—Lo sé. Y me asusta un poco. Mi padre dijo que Eric Montro murió en una extraña pelea en un bar mientras Lance estaba en casa con un permiso del Ejército. Él..., él era uno de ellos..., en el vídeo..., pero nunca más volví a ver a ninguno de ellos después de esa noche. Ni siquiera a Lance Oakley. —El tono de su voz me molestó, y también el hecho de que rememorara lo que había pasado en las manos de aquellos degenerados. Me alegraba mucho que uno de ellos estuviera muerto. Esa parte no me molestaba en absoluto. Solo recé por que su muerte no tuviera nada que ver con el vídeo ni con la investigación del senador Oakley.

Quité el tapón para dejar correr el agua y la ayudé a salir de la bañera.

—No permitiré que te pase nada, y tú no debes tener miedo. Lo tengo todo cubierto. —Sonreí mientras empezaba a secarle las piernas con una toalla—. Mañana hablaré con tu padre y averiguaré todo lo que pueda sobre el senador Oakley —añadí al tiempo que le secaba los brazos, la espalda, los pechos, y pensaba que podría acostumbrarme a hacer esto—. Tú solo deja que me preocupe por el senador. Extenderé mis tentáculos a ver qué información puedo recoger. Nadie se va a acercar a mi chica a menos que pasen por mí primero.

Ella sonrió y me dio un buen beso, mordiéndome en el labio inferior. Tenía problemas para controlarme y no ponerla sobre el lavabo y hacerla mía de nuevo.

La piel de Brynne poseía un brillo dorado natural, pero ahora mismo estaba rosácea debido al agua caliente y tan hermosa que resultaba difícil mirarla y mantenerse neutral. *No pienses en ello*. Ignoré mi deseo y me esforcé en secar sus deliciosas curvas, que quizá habían perdido algo de su forma pero que continuaban siendo encantadoras y totalmente *mías*. Se quedó de pie delante de mí, con elegancia, como si no le afectara que estuviéramos tan cerca desnudos. Me pregunté cómo demonios lo conseguía. Bueno, podía hacerme una idea. Era una modelo que posaba desnuda y estaba habituada a ello. *No pienses tampoco en eso.*

No era capaz de recordar que nadie me hubiera hecho pensar con la polla de la manera en que ella lo hacía. Quizá en mis comienzos, pero nunca antes se había apoderado de mí este nivel de intensidad. En estos momentos acostarme con Brynne se situaba a la altura de comer o de tener donde dormir.

Todo el mundo necesita lo básico, Brynne. Comida, agua..., una cama.

Ella provocaba en mí unas emociones que ni siquiera sabía que existían hasta la noche en que la vi caminando sin rumbo por la Galería Andersen y diciendo tonterías sobre la fiabilidad de mi mano.

Me quitó la toalla al tiempo que me guiñaba un ojo con coquetería y la utilizó para cubrirse ese glorioso cuerpo desnudo con el algodón suave color crema. *Una jodida pena.* Caminó hasta el dormitorio y pude oír cómo los cajones se abrían y se cerraban. Me encantaba escucharle hacer esos ruidos, ir de aquí para allá preparando la cama. Cogí una toalla para mí y comencé a secarme, profundamente agradecido de que esta noche fuera a dormir con ella entre mis brazos.

Capítulo
6

Abrí los ojos en la oscuridad; el aroma de Brynne impregnó mi nariz y sonreí cuando me di cuenta de dónde nos encontrábamos. *Está en tu cama contigo.* Tuve cuidado de permanecer bien quieto para no molestarla mientras dormía. Su cara estaba vuelta hacia mí, pero su cabeza quedaba escondida bajo su brazo. Observé su respiración durante unos minutos, suave y tranquila por primera vez en días. Quería tocar a mi chica, pero la dejé dormir. Por Dios que lo necesitaba.

Necesidad. Tanta necesidad en mi interior. Necesidades que solo Brynne podía satisfacer, y eso me asustaba. Hace un mes no habría podido imaginar que sentiría esto por otra mujer, y ahora no podía concebir no tenerla en mi vida. Temía que el tiempo que habíamos pasado separados me hubiese cambiado para siempre.

Respiré profundamente y contuve el aliento. El ligero olor a sexo llevaba ya un tiempo entre las sábanas, pero era sobre todo su fragancia a limpio y a flores lo que me embriagaba. Me embriagaba ahora igual que la primera noche que nos vimos. Olía tan bien que odiaba dejarla sola en la cama, pero me levanté y me puse unos pantalones de deporte y una camiseta.

Crucé el enorme salón y el pasillo hasta mi despacho, dejando la puerta del dormitorio ligeramente abierta por si acaso Brynne se despertaba con otra pesadilla. Necesitaba de veras un cigarrillo y necesitaba sin falta hablar con su padre.

—Tom Bennett.

Su acento americano al otro lado del teléfono me recordaba lo lejos que estaba Brynne de su familia, aunque tengo que admitir que me encantaba que ahora considerase Londres su nuevo hogar.

—Soy Ethan —dije mientras daba una profunda calada a mi cigarro.

Un silencio y después un aluvión de preguntas: «¿Está Brynne bien?», «¿qué ha ocurrido?», «¿dónde está ahora?».

—No ha ocurrido nada, Tom. Está durmiendo ahora mismo y totalmente segura. —Le di otra calada.

—¿Estás con ella? Espera. ¿Está en tu casa ahora mismo? —El silencio se volvió cortante y tenso cuando Tom Bennett cayó en la cuenta de lo que yo había estado haciendo con su hija—. Así que vosotros dos volvéis a estar juntos... Escucha. Lamento la llamada que hice.

—¿Que lo lamentas? —le interrumpí—. Y sí, Brynne está conmigo en este momento y tengo intención de mantenerla *muy* cerca, Tom. —Apagué mi Djarum y me convencí de no encender otro hasta que la conversación hubiese terminado—. Solo para que lo sepas. No voy a pedirte perdón por estar con ella. Tú organizaste todo esto. Yo solo soy un hombre sin más que se ha enamorado de una preciosa y encantadora chica. Ya no hay nada que hacer, ¿sí o no?

Tom emitió un ruido que a mí me sonó a frustración. Debía reconocer el mérito que tenía que no hubiera explotado, pero tal vez aún lo estaba digiriendo.

—Mira, Ethan... Solo quiero que esté a salvo. Brynne toma sus propias decisiones respecto a con quién sale. Solo quiero a esos hijos de puta alejados de ella. Que no le recuerden toda la mierda. No sabes cuánto ha sufrido. Casi la destruyó.

—Lo sé. Me lo ha contado *todo* esta noche. Tengo un par de cosas que decirte también.

—Adelante —repuso con impaciencia.

—Primero quiero agradecerte que siguieras tus instintos y que fueras ese día a casa a comer con ella para ver qué tal estaba. Y segundo, quería preguntarte algo. —Hice una pausa para generar expectación—. ¿En qué coño estabas pensando cuando decidiste no contarme lo que realmente le había ocurrido a tu hija? El conocimiento es poder, Tom. ¿Cómo diablos voy a mantenerla a salvo si no sé qué es lo que le hicieron? Brynne no me ha hablado de un vídeo obsceno y un tanto indiscreto como tú insinuaste. Fue un acto criminal de agresión y abuso sobre una joven de diecisiete años a manos de tres mayores de edad.

—Lo sé —convino poniéndose a la defensiva—. No quise romper su confianza y contarle los detalles ni a ti ni a nadie. Esa historia es suya, y ella es la única que puede contarla.

A la mierda. Me encendí un segundo Djarum.

—Te dejaste la parte en la que el senador le consigue la beca en la Universidad de Londres. Sabe a la perfección dónde está, y desde hace años.

—¡Lo sé, y una vez más: solo pretendía mantenerla alejada todo lo posible de esa gente! —espetó entre dientes—. ¡Sé que esta situación es un desastre en potencia y deja a mi hija en la peor posición! ¿Ahora entiendes por qué te necesito? Todo esto habría caído en el olvido si no hubiese sido por ese accidente aéreo. ¿Quién iba a imaginar que Oakley sería propuesto como el próximo vicepresidente?

Suspiré ruidosamente.

—Estoy investigándole y por ahora no he encontrado ningún trapo sucio del senador. Sé que su hijo es problemático, pero el senador Oakley está limpio.

—Bueno, yo no confío en él. ¡Y ahora uno de esos jodidos degenerados ha desaparecido del mapa! Esta historia es algo que el senador desea ocultar y enterrar, ¡y ahora mismo mi hija se encuentra en medio de toda esta mierda! ¡Es inaceptable!

—Tienes razón, y estoy vigilándolos a todos, créeme. Tengo un par de contactos en las Fuerzas

Especiales que están investigando el historial militar de su hijo. Si hay algo ahí, lo encontraré. Una pregunta para ti: Brynne dice que la única persona identificable en el vídeo es ella. Me contó que los demás estaban casi siempre fuera de plano y sus voces tapadas por una canción…

—Lo…, lo vi. Vi lo que le hicieron a mi pequeña… —El hombre ahora estaba destrozado.

Cerré los ojos y deseé que las imágenes desapareciesen. No podía imaginar estar en su piel, haber visto esa vileza y no haber intentado asesinar a quien le hizo daño. En mi opinión, Tom Bennett tenía mucho mérito por no haberse convertido en un asesino.

Me aclaré la garganta antes de volver a hablar.

—Hay algo que debes saber sobre mí.

—¿El qué?

—Ella ahora es mi responsabilidad. Yo tomo las decisiones y me pondré en contacto con la gente de Oakley cuando llegue el momento, si llega. Brynne es adulta y estamos juntos. Y si te preocupa por qué te digo esto, no lo estés. La quiero, Tom. Haré todo lo que haga falta para mantenerla segura y feliz. —Di una última calada y dejé que asimilara mis palabras.

Suspiró antes de contestar.

—Tengo dos cosas que decir a eso. Como cliente que te necesita, estoy completamente de acuerdo contigo. Sé que eres el hombre indicado para este trabajo. Si alguien puede sacar a Brynne de este lío, ese eres tú. —Hizo una pausa y pude adivinar lo que venía después—. Pero como padre que quiere a su hija, y eso es algo que no podrás entender hasta que te pase a ti, si le haces daño, si le rompes el corazón, iré tras de ti, Blackstone, y olvidaré que alguna vez hemos sido amigos.

Me reí un rato en mi asiento, aliviado por haber terminado ya con ese tema.

—Me parece justo, Tom Bennett. Puedo vivir con esas condiciones.

Charlamos algo más y me contó toda la historia de los Oakleys de San Francisco. Nos comprometimos a hablar pronto y mantenerle al tanto de cualquier novedad y terminamos la llamada.

Permanecí un rato más en mi escritorio, escribiendo algunas notas y enviando algunos correos electrónicos antes de cerrar el portátil. Cuando apagué la luz, *Simba* coleteó como loco en el acuario que brillaba detrás de mi escritorio. Fui hasta allí y le lancé una golosina antes de dirigirme a la terraza, a sentarme un rato.

Pasé por el dormitorio y no oí más que silencio. Quería que Brynne durmiese bien. No más pesadillas para mi chica. Ya había sufrido lo suficiente para toda la vida.

En la noche lucían millones de estrellas. No solían brillar nunca con tanta fuerza y me di cuenta del tiempo que hacía que no me sentaba aquí fuera. Encendí otro cigarro. Pero lo terminaría enseguida. Si fumaba fuera nadie tenía que enterarse. No debería fumar dentro mientras Brynne estuviese ahí.

Crucé los pies en la otomana y me recosté en la tumbona. Dejé que mi mente y mis pensamientos vagaran por todo lo que había ocurrido durante el día. Pensé en la trágica historia de Brynne y en cómo había alterado las cosas. Para ambos. Sí..., nuestros días oscuros se habían producido como en universos paralelos. Ella tenía diecisiete años y yo veinticinco. Ambos estábamos en el lugar equivocado. Me sentía más unido a ella que nunca, sentado ahí fuera solo, inhalando el aroma a especias del tabaco en mis pulmones.

Solía fumar Dunhills. Era mi marca favorita y la mejor. Me gustaban las cosas buenas, así que no era de sorprender. Pero todo eso cambió tras Afganistán. Muchas cosas cambiaron después de estar en ese lugar. Inhalé la nicotina que tanto anhelaba mi cuerpo y observé la multitud de estrellas que brillaban sobre mi cabeza.

... Todos los guardias fumaban tabaco de clavo. Hasta el último rebelde hijo de puta tenía uno de esos adorables pitillos liados a mano de manera imperfecta colgando de sus labios mientras seguían con sus palizas y sus jodiendas. ¿Y el olor? Como pura ambrosía. Soñé con esos cigarrillos desde los primeros días de mi captura. Soñé con la dulce esencia del clavo mezclada con el tabaco hasta que estuve seguro de que moriría antes de disfrutar de uno. Las palizas y los interrogatorios comenzaron más tarde. No creo que al principio supiesen siquiera a quién habían capturado. Pero con el tiempo se dieron cuenta. Los afganos querían utilizarme para negociar la liberación de los suyos. Lo entendí por su manera de hablar. Sin embargo, estaba fuera de mi alcance. La política del Gobierno es no negociar con terroristas, así que sabía que se sentirían muy decepcio-

nados. Y sabía que pagarían esa frustración con-migo. Así fue. Muchas veces me preguntaba si supieron lo cerca que estuve de contar lo que sa-bía. Me sentía culpable por saber la verdad, y me aliviaba pensar que no me daban elección, hubo algunos interrogatorios (si es que pueden llamar-se así) en los que habría cantado como un canario en una mina de carbón si me hubieran ofrecido tan solo uno de esos maravillosos y dulces cigarros de clavo liados a mano.

Fue lo primero que pedí cuando salí de entre los escombros. El marine americano que me en-contró dijo que estaba en estado de shock. Lo es-taba... y no lo estaba, supongo. Creo que era él quien se encontraba en estado de shock al ver que había salido vivo de lo que había quedado de mi prisión después de que la bombardearan hasta hacerla pedazos (lo que le agradecí enormemen-te). Pero de verdad estaba conmocionado porque supe en ese instante que el destino había cambia-do para mí. Por fin había encontrado la suerte. O la suerte me había encontrado a mí. Ethan Blackstone era un tipo con suerte.

Una sombra cambió la tenue luz que tenía a mi espalda y captó mi atención. Me giré. Mi corazón casi se me salió del pecho al ver a Brynne de pie al otro lado de la puerta de cristal, mirándome. Nos quedamos en esa posición durante uno o dos segundos hasta que ella deslizó la puerta y salió.

—Estás despierta —dije.

—Tú estás aquí fumando —contestó.

Apagué el cigarrillo en el cenicero y abrí los brazos.

—Me pillaste.

Se acercó, con el aspecto despeinado propio del sueño, una camiseta azul celeste y mis calzoncillos de seda. *Y nada debajo.* Tiré de ella hacia mí y me sonrió ligeramente; colocó sus largas piernas a cada lado de mi cuerpo, se sentó sobre mi regazo y me sujetó la cara con ambas manos.

—Te he pillado, Blackstone.

Sus ojos me miraban con intensidad, como si intentaran leerme el pensamiento. Sabía que era eso lo que estaba haciendo, por lo que deseé saber en qué estaba pensando realmente. El mero hecho de que hubiese subido a mi regazo y me hubiese sujetado la cara me excitaba, pero verla tan relajada y feliz después de haberse despertado en mitad de la noche me gustaba más.

—Mmmmm, sé cómo puedes castigarme si quieres —comenté.

Se acurrucó contra mi pecho y la rodeé con mis brazos.

—¿En qué pensabas? Parecías muy lejos de aquí, fumando tu cigarrillo a escondidas en mitad de la oscuridad.

Hablé al tiempo que me hundía en su pelo y le acariciaba la espalda.

—Pensaba en… la suerte. En ser afortunado. En tener un poco de suerte. —Era la verdad y la razón por la que aún podía respirar a pesar de que todavía no pudiese compartir esa parte de mi vida con ella. Quería hacerlo, pero no sabía siquiera cómo empezar esa conversación con Brynne. Ella no necesitaba más mierda dolorosa además de la que tenía que cargar por sí misma.

—¿Y lo eres? ¿Afortunado?

—No solía serlo. Pero un día mi suerte cambió para bien. Aproveché ese regalo y empecé a jugar a las cartas.

Me acarició el pecho con suavidad, probablemente sin saber lo mucho que aquello me excitaba.

—Ganaste muchos torneos. Mi padre me dijo que así fue como te conoció.

Asentí con mis labios aún hundidos en su pelo.

—Me cayó muy bien tu padre el día que nos conocimos. Me sigue cayendo muy bien. He hablado con él esta noche.

Su mano en mi pecho se detuvo un momento, pero después continuó las suaves caricias.

—¿Y cómo ha ido?

—Ha ido tal y como imaginé que iría. Los dos dijimos lo que teníamos que decir y fuimos directos al grano. Sabe lo nuestro. Se lo conté. Quiere lo mismo que yo; mantenerte segura y feliz.

—Me siento a salvo contigo…, siempre lo he hecho. Y sé que mi padre te respeta muchísimo. Me dijo que tuvo que insistirte mucho para que aceptaras el trabajo. —Hizo un ruido sobre mí, con su boca justo en mi pectoral. Un sonido agradable, suave y bonito, y que me excitó mucho—. Ojalá me hubiese contado lo que estaba pasando. —Hizo una pausa y después susurró—: Necesito saber qué está ocurriendo, Ethan. No puedo volver a ser una víctima sumida en el desconocimiento. Los secretos me destrozarán. No creo que pudiese soportarlos ahora. Siempre tendré que saberlo todo. Despertarme como aquella vez, sobre esa mesa, sin saber quién o qué…, no puedo.

—Shhhhh…, lo sé. —La frené antes de que se pusiera más nerviosa—. Ahora lo sé. —Le cogí la cara. Quería ver qué ojos ponía cuando le contase lo que venía a continuación. Estaba tan preciosa mirándome bajo la luz de esa noche estrellada, ahí posada en mi pecho… Sus labios necesitaban ser besados y yo quería estar dentro de ella de nuevo, pero en su lugar me obligué a hablar—. Siento haberte ocultado cosas. Entiendo por qué necesitas sinceridad. Lo entiendo y prometo decírtelo todo de ahora en adelante, incluso si son cosas que pienso que no te gustará escuchar. Y sé que te resultó muy duro contarme tu historia anoche, pero quiero que sepas que estoy muy orgulloso de ti, maldita sea. Eres tan fuerte…, tan preciosa… y tan brillante. Brynne Bennett. Mi preciosa chica americana. —Le acaricié los labios con el pulgar. Me regaló media sonrisa.

—Gracias —murmuró.

—¿Y sabes cuál es la mejor parte? —pregunté.

—Dime.

—Que estás aquí conmigo. Justo aquí, donde puedo hacer esto. —Colé mi mano bajo su camiseta y acaricié uno de sus pechos, con dulzura, llenando mi mano con su suave tacto. Le sonreí. Esa clase de sonrisa sincera que prácticamente solo puedo procurarle a ella y a pocas personas más.

—Así es —dijo—. Y me alegro de estar aquí contigo, Ethan. Eres la primera persona que me hace… olvidar. —Su voz se volvió más baja, pero también más clara—. No sé por qué funciona contigo, pero lo hace. No…, no pude intimar durante mucho tiempo. Y aun así me resultaba… difícil… las veces que lo intenté.

—Ya no tiene importancia, nena —la interrumpí.

Odiaba siquiera la idea de Brynne con otra persona; otro hombre viéndola desnuda, tocándola, haciendo que se corriese. Esas imágenes me volvían loco de celos, pero lo que acababa de decirme al mismo tiempo me hizo muy feliz. He sido la primera persona en hacerle olvidar. *¡Sí, joder!* Y me las arreglaría para que fuese también la última persona que recordase en su vida.

—Te tengo ahora, y no te voy a soltar, y no quiero que te marches nunca.

Ronroneó y sus ojos se encendieron cuando toqué su otro pecho y encontré su duro y abultado pezón. Tenía los pezones muy sensibles y me encantaba devorarlos. Y hacer que ella me deseara. Ese era el verdadero motivo si he de ser sincero. Hacer que Brynne me desease era mi obsesión.

Eché su cabello a un lado y me abalancé hacia su cuello con mis labios. Me encantaba el sabor de su piel y cómo respondía cuando la tocaba. Había mucha química entre nosotros y eso lo supe desde el primer instante. Ahora se arqueaba hacia mí y acercaba sus pechos a mis manos. Le pellizqué un pezón y me volví loco con el sonido que ella emitió. Sabía adónde llevaba todo esto, o hacia dónde quería que nos llevase. *A moverme dentro de ella, a hacer que se corriera, a conseguir que pusiera esa mirada dulce y preciosa después de llegar al orgasmo.* Vivía por ese mirar en sus ojos. Esa mirada me llevaba a comportarme de una manera que nunca antes pensé que podría hacer con una mujer.

Empezó a moverse en mi regazo. Podía sentir el movimiento de sus caderas sobre mi sexo erecto, oculto bajo la fina tela de mis pantalones de deporte. Haciéndome imaginar toda clase de perversiones juntos. Y lo cierto es que sí que me gustaría probar alguna con ella.

Recorrí su pierna y metí la mano por los calzoncillos de seda que llevaba puestos hasta llegar directamente a su sexo. *Fácil acceso*. Estaba tan húmeda que tuve que seguir adelante. Emitió unos ruidos cuando rocé su vagina y empecé a trazar círculos alrededor de su tenso clítoris que tanto ansiaba el contacto de mi verga. Ella me deseaba. Hacía que me desease sexualmente. Si esto era todo lo que podía tener de ella lo aceptaría. Pero, sin embargo, quería más de mi Brynne. Mucho más.

Alejé mi boca de su cuello y mi mano de su sexo y la levanté de mi regazo para dejarla delante de mí. Permanecí en la tumbona y clavé mi mirada en ella.

—Haz un *striptease* para mí.

Se tambaleó sobre sus pies un momento y me miró con una expresión indescifrable. No sabía qué haría con la orden que le acababa de dar, pero no me importaba. Estaba a punto de descubrirlo y la excitación de tal desafío me la puso muy dura.

—Pero estamos fuera. —Se giró para mirar por la terraza y después de nuevo hacia mí.

—Desnúdate y vuelve a subirte encima de mí.

Empezó a respirar profundamente y yo aún no estaba seguro de qué iba a hacer, pero se lo dije igualmente. A Brynne le gustaba cuando era directo.

—Nadie puede vernos. Quiero que follemos justo aquí, ahora mismo, bajo las estrellas —dije.

Me miró con esos ojos cuyo color no podía definir y se llevó las manos al filo de la camiseta. Se la quitó en un abrir y cerrar de ojos, pero la sostuvo en una mano un momento, antes de soltar la tela y dejar que cayese al suelo de la terraza. Esa demora, esa mirada que me lanzaba eran tan ingenuamente sexys. Mi chica sabía jugar a este juego. Tenía además los pechos más bonitos del mundo.

Después fue a por el elástico de los calzoncillos. Sus pulgares jugaron con él. Mi boca se hizo agua según bajaban. Se dobló con gracia y salió de mis calzoncillos de seda. Al final se quedó de pie frente a mí, completamente desnuda, con las piernas un poco separadas, el cabello alborotado de dormir, esperando que le dijese qué era lo siguiente que debía hacer.

—¡Dios! Mírate. Nada de lo que me digas puede cambiar lo que siento por ti, o hacer que te desee menos. —Mi verga latía de excitación, muriendo de ganas de correrse dentro de ella—. Créeme —le dije con un tono un poco brusco. Ella tenía un aspecto que sugería que mis palabras la habían aliviado. Brynne aún dudaba de que su pasado pudiese cambiar lo que yo sentía por ella. *Tengo que demostrarle que nada de eso tiene importancia para mí*—. Ven aquí, preciosa.

Se acercó y se subió a mi regazo de nuevo, rodeándome con sus piernas y sentándose justo sobre mi sexo, con solo una capa de suave algodón separando nuestra piel. Me lancé primero a por sus senos, tomando uno en cada mano. Entraban justos en mi mano, sin sobresalir, y ese suave tacto me tentaba con la promesa de conquistar otra parte de su cuerpo. *Pura perfección.*

Se arqueó cuando le mordí un pezón. No con fuerza, pero lo suficiente para retorcerse un poco y para emitir un gemido maravilloso a continuación, cuando le mitigué el dolor con la lengua. Me pregunté qué tal sería el sexo anal con ella. Apuesto a que podría llevarla al orgasmo. De hecho, estoy seguro de que lo haría. Sería magnífico verla cuando ocurriese. Estaba acariciando su otro pecho y noté cómo se tensaba y se

curvaba en mis brazos. Toda abierta y excitada…
y sexy.

Tenía que estar dentro de ella. Sentir el orgasmo de Brynne en mis dedos, en mi lengua o
en mi verga era una sensación indescriptible, a la
que me había vuelto adicto. Moví la mano por su
espalda, deslizándola por su culo, bajando más
para sentir su húmedo sexo. Jadeó suavemente
cuando mis dedos rozaron su vagina y gimió en
el momento en que calaron su humedad hasta lo
más profundo.

—Eres mía… —le susurré a escasos centímetros de su cara—. Este coño es mío. Todo el
tiempo… De mis dedos…, mi lengua…, mi polla.

Sus ojos se encendieron cuando mis dedos
se pusieron manos a la obra. Cogí su boca y enterré mi lengua lo más hondo que pude mientras
los dedos jugaban entre sus muslos. Esos maravillosos muslos se abrieron sobre mi regazo porque yo le había dicho que lo hiciera.

Me encontraba tan excitado que sé que estaba siendo algo brusco con ella, pero no parecía poder controlarlo. Ella no protestaba y si lo
hubiese hecho, habría parado. Cada respuesta,
cada sonido, cada suspiro, cada ondulación so-

bre mi sexo me indicaba que, en realidad, le excitaba. A Brynne le gustaba que tuviera el control cuando follábamos y yo adoraba cómo era conmigo.

Agarrarla así, con mi brazo bajo su culo y obligándola a estar todavía más cerca de mí, era algo que tenía que hacer. Quería hacerle entender que no podía dejarla marchar de nuevo. Que no la dejaría marchar.

Creo que tenía la necesidad interna de poseerla. Siempre había sentido la necesidad de tener el mando durante el sexo, pero nunca así. Brynne me hacía cosas que ni siquiera podía comprender. Nunca antes me había sentido así. *Solo con ella.*

Tiré de sus caderas hacia arriba. Ella lo entendió y se mantuvo suspendida, el suficiente tiempo para bajarme los pantalones. No era el más sencillo de los trucos, pero sí necesario si quería estar dentro de ella, y Brynne parecía de acuerdo con el plan. Me agarré la polla y le dije con un jadeo apremiante:

—Justo aquí, y fóllame bien.

Creo que quizá derramé una o dos lágrimas cuando se deslizó sobre mi sexo y empezó a moverse. Sé que quería llorar. Sentí cómo se me humedecían los ojos con el primer roce de su sexo rodeando mi verga calada de ese resbaladizo y lujurioso calor, y durante su cabalgar, con todas esas subidas y bajadas, que me arrastraban a la inconsciencia. Y luego otra vez, cuando me corrí en su interior. Aún me las ingenié para conseguir que tuviera otro orgasmo moviendo el pulgar contra su clítoris, y me encantaba cada sonido y cada jadeo que emitía cuando alcanzó el clímax un momento después. Ella se corrió sobre mí. Y, sin embargo, lo mejor fue que mientras tanto sus labios pronunciaron mi nombre. *Ethan...*

Cuando se derrumbó sobre mí, con mi verga aún sucumbida por los espasmos, enterrada muy dentro de ella, sacudida por las convulsiones a medida que sus músculos internos se aferraban y tiraban de mí, estaba seguro de que podría permanecer en su interior para siempre.

Me aferré a ella y no quería que nuestros cuerpos se separaran nunca. Nos quedamos un rato fuera. La abracé y le acaricié la espalda con las yemas de los dedos. Ella se pegó a mi cuello y a mi pecho, y me sentía muy a gusto a pesar de que era de noche, nos encontrábamos fuera y ella estaba totalmente desnuda. Cogí la manta que había en la otra tumbona y la tapé.

Por primera vez entendí a la gente cuando decían que lloraban de felicidad.

Capítulo
7

Vamos, elige una que te guste para hoy —le dije. Brynne sonrió desde la puerta de mi armario y después volvió a desaparecer tras ella.

—Bueno, a mí me encantan las moradas, pero creo que hoy nos vamos a decidir por esta —anunció según salía del armario con una corbata de color azul. Giró a mi alrededor y me rodeó el cuello con el trozo de seda—. Combina con tus ojos y ya sabes que adoro el color que tienen.

Me encanta cuando dices la palabra «adorar» para referirte a algo mío.

Miraba la expresión de su cara mientras me anudaba la corbata y cómo se mordía el borde de su precioso labio inferior, y me encantaba su atención del mismo modo que aborrecía el hecho de que era obvio que lo había practicado antes con otra persona. Había estado así, de pie junto a otro tipo, atándole la corbata. Lo sabía. Intentaba imaginar que no había sido una mañana cuando ayudó a ese gilipollas, y que no había pasado la noche anterior comiéndole la polla a ese gilipollas. Estaba comportándome como un celoso y un cretino.

Nunca me había puesto celoso con ninguna de las chicas con las que salí, pero, claro, Brynne no era una chica cualquiera. Brynne era *la* chica. *Mi* chica.

—Me encanta que estés aquí haciendo esto —le dije.

—A mí también. —Me sonrió un segundo antes de volver a la tarea.

Quería decirle muchas más cosas, pero no lo hice. Presionarla nunca funcionaba, y ya había aprendido la lección al respecto, pero aun así resultaba difícil tomarse las cosas con calma. No quería ir despacio con Brynne. Lo quería rápido y a mi manera todo el tiempo. *Gracias a Dios que no dije eso en alto.*

—¿Cómo se presenta su día, señorita Bennett? —pregunté en su lugar.

—Tengo un almuerzo con mis compañeros de la universidad. Cruza los dedos. Debo empezar a pensar en conseguir ese visado de trabajo y puede que ir allí me ayude. Tal vez pueda conseguir un puesto como conservadora en uno de los museos más importantes de Londres. —Terminó de anudarme la corbata y le dio una palmadita—. Ya está. Está muy elegante con su corbata azul, señor Blackstone. —Acercó los labios a los míos con los ojos cerrados. Le di un piquito en sus labios fruncidos. Abrió los ojos e hizo un puchero en señal de decepción.

—Conque esperabas más, ¿eh? —Me encantaba hacerle rabiar y reír.

Me ignoró como si no le importase.

—¡Bah! —exclamó encogiéndose de hombros—. Me temo que tus besos son... pasables. Puedo vivir sin ellos.

Me reí por la expresión de su cara y me lancé a hacerle cosquillas.

—Menos mal que te dedicas a restaurar cuadros, querida, porque mentir se te da fatal.

Se rio histérica por las cosquillas e intentó escaparse de ellas.

La rodeé con mis brazos y tiré de ella hacia mí.

—No tienes escapatoria —murmuré contra sus labios.

—Y si no quiero escapar ¿qué? —me preguntó.

—Me parece perfecto —contesté, y le di un beso sincero. Fui despacio y con cuidado, disfrutando de estas primeras horas de la mañana juntos, antes de que tuviésemos que irnos a nuestros respectivos trabajos. Ella se fundió conmigo de forma tan dulce que hube de recordar que ambos teníamos que trabajar y que no había tiempo para llevarla de nuevo a la cama. La parte positiva es que volveríamos aquí al final del día y que tengo muy buena imaginación.

No me pude contener y le di un par de besos más de despedida antes de que nos separásemos: mientras esperábamos el ascensor, en el aparcamiento, apoyados contra el Range Rover, y cuando la dejé en Rothvale. Esas son las ventajas de tener a alguien en tu vida que quieres que esté contigo con todas tus fuerzas. De nuevo, soy un hombre muy afortunado. O, al menos, lo bastante inteligente para darme cuenta.

Hoy entré en el edificio por la puerta principal después de aparcar, porque quería comprar los periódicos más importantes de la prensa norteamericana y leerlos detenidamente en busca de la mínima señal. Estarían ya plagados de difamaciones políticas, pero la verdadera lucha entre los candidatos aún no había comenzado.

Las elecciones presidenciales de Estados Unidos tendrían lugar en noviembre, así que aún quedaban cinco meses de campaña. Sentí una punzada de preocupación, pero decidí ignorarla. No podía fallar en su protección. No me podía permitir un solo error.

Muriel me sonrió cuando pagué los periódicos. Intenté no estremecerme por la visión de sus dientes.

—Aquí tienes, guapo —dijo, y me dio el cambio con su mano sucia.

Eché un vistazo a su mano mugrienta y decidí que ella necesitaba más el cambio que yo contagiarme de algo.

—Quédatelo. —La miré a sus ojos verdes, hermosos de una manera extraña, y asentí—. Me llevaré estos periódicos de Estados Unidos de manera regular, por si quieres tenerlos preparados de ahora en adelante —le dije.

—Oh, eres un encanto, de verdad que sí. Los tendré. Buenos días, guapo. —Me guiñó un ojo y me enseñó parte de esa horrible dentadura. Intenté no mirar muy de cerca, pero creo que Muriel podría competir conmigo en lo que se refiere a barba de varios días. Pobrecilla.

Cuando llegué a mi oficina me puse a conciencia con la investigación. Escuché el mensaje del hombre que había llamado a Brynne. Lo puse varias veces. Americano, muy natural, nada beligerante, su conversación no revelaba que supiese algo.

«Hola, ¿qué hay? Soy Greg Denton, del Washington Review. *Estoy intentando ponerme en contacto con Brynne Bennett, que asistió al instituto Union Bay de San Francisco».*

Su mensaje era corto y funcional, y dejó sus datos para que se pusiera en contacto con él. Solo le había llamado una vez, así que había muchas posibilidades de que no la conociese mucho, eso si Brynne era siquiera la persona correcta con la que quería contactar.

Ordené a Frances, sin darle muchos detalles, que investigase a ese tal Greg Denton del *Washington Review* y también que mirase qué más podía rascar de la prensa que había comprado esa mañana.

Houston Public Library
Check Out Summary

Title: En la mira
Call number: CLANC
Item ID: 33477462585826
Date due: 9/24/2013,23:59

Title: Todo o nada
Call number: MILLE
Item ID: 33477462747073
Date due: 9/24/2013,23:59

Estaba sentado, rebuscando en el cajón de mi escritorio, donde tenía guardado el tabaco, cuando entró Neil.

—Hoy pareces... casi humano..., esta mañana, tío. —Se sentó en la silla y me miró atentamente; una sonrisita asomaba de su mandíbula cuadrada.

—Ni se te ocurra decir nada —le advertí.

—Vale. —Cogió su móvil y fingió estar ocupado con él—. No diré que sé con quién pasaste la noche. Y definitivamente no diré que os he visto por las cámaras de seguridad a los dos liándoos mientras esperabais el ascensor.

—¡Que te den!

Neil se echó a reír.

—¡Joder! Toda la oficina está feliz, tío. Podemos volver a respirar sin miedo a que nos corten la cabeza. El jefe vuelve a tener a su chica. ¡Gracias a Dios! —Miró al techo y juntó las manos—. Han sido un par de semanas jodidas.

—Me encantaría ver qué haría tu miserable culo si Elaina de repente decidiera que no quiere estar contigo —le interrumpí, mientras esbozaba una falsa sonrisa y esperaba un cambio en su actitud—. Lo que podría pasar, como bien sabes, teniendo en cuenta que conozco todos tus secretos.

Funcionó de maravilla. Neil dejó de decir tonterías en un segundo y medio.

—Estamos muy felices por ti, E —dijo con suavidad. Y supe que lo decía en serio.

—¿Cómo marcha la investigación militar al teniente Oakley? —pregunté, cambiando de tema y al tiempo que abría el cajón de mi escritorio en busca de mi mechero y mi paquete de Djarum.

—Les ha estado haciendo cosas terribles a la gente de Irak y saliéndose con la suya, pero no está claro cuánto tiempo va a permanecer todo eso tapado. Creo que lo único por lo que el senador puede estar tranquilo es por que su hijo se está metiendo en líos en Irak en vez de en alguna parte cercana a su campaña electoral.

Gruñí dándole la razón e inhalé mi primera y dulce bocanada. El clavo era fuerte, pero ya me había acostumbrado. Ahora dejaba que la nicotina hiciese su trabajo y yo me sentía culpable por lo que me metía en el cuerpo.

—¿Así que crees que hará carrera militar? —Exhalé lejos de Neil.

Neil negó con la cabeza.

—No lo creo.

—¿Por qué no?

Neil poseía la mayor intuición que he conocido nunca. No era solo un empleado, ni hablar. Neil era muchísimo más. Habíamos sido amigos de chavales, habíamos ido a la guerra, sobrevivido a ese infierno y regresado a Inglaterra. Nos las apañamos para madurar después de todo y comenzar un fructífero negocio. Le confiaría mi vida. Lo que significa que también podía confiarle la de Brynne. Me alegré de que a ella le cayese bien, porque tenía la impresión de que tarde o temprano la tendría que vigilar siempre que saliese a la calle. Brynne odiaría algo así. Sin embargo, por mucho que ella odiase todo este tema de la seguridad, nunca las pagaría con Neil. Mi chica era demasiado buena para hacer esa clase de cosas.

Tampoco me engañaba a mí mismo: amigo o no, me gustaba mucho la idea de que Neil tuviese pareja, y si hubiese estado soltero no habría sido mi primera opción. Es un tipo guapo.

—Bueno, esta es la parte interesante. Al teniente Lance Oakely se le obligó a ampliar su servicio unas semanas después del accidente de avión. Por lo que he podido averiguar, Estados

Unidos dejó de hacer este tipo de ampliaciones de servicio forzosas hace un año, y en este momento solo lo están cumpliendo unos cuantos.

—¿Estás pensando lo mismo que yo, tío? Neil asintió de nuevo.

—En el momento en que el senador supo que podía llegar a ser el próximo vicepresidente, consiguió la extensión de servicio de su hijo en Irak.

Chasqueé la lengua.

—Parece que el senador conoce muy bien a su hijo y sabe que cuanto más lejos le mantenga de su campaña, más posibilidades tendrá de ganar las elecciones. —Me eché hacia atrás en la silla y di una calada al cigarro—. Quién mejor para conseguir una orden de extensión de servicio que alguien con conexiones políticas. Empiezo a pensar que el senador Oakley preferiría que su hijo nunca regresara de Irak. Héroe de guerra y todo eso…, es perfecto para el patriotismo. —Agité una mano para enfatizar mis palabras.

—Es justo lo que iba a decir. —Neil miró el cigarrillo en mis dedos—. Creí que estabas fumando menos.

—Así es…, en casa. —Apagué el cigarrillo en el cenicero—. No fumo con ella cerca.

Y estoy bastante seguro de que Neil era lo suficientemente espabilado para saber por qué no lo hacía. Pero eso es lo que pasa entre amigos...: se entienden sin más, no tienen que hablar sobre mierdas dolorosas que uno desearía poder olvidar aun a sabiendas de que es una parte intrínseca en él.

El móvil de Brynne sonó y me sacó de mi trabajo. Miré el nombre de la persona que llamaba. Solo ponía una palabra: «mamá». Bueno, esto va a ser divertido, pensé mientras le daba a *aceptar*.

—¿Dígame?

Hubo un breve silencio y después se oyó una voz arrogante.

—Estoy intentando hablar con mi hija y sé que este es su número ¿Con quién estoy hablando?

—Con Ethan Blackstone, señora.

—¿Y por qué está contestando usted al teléfono de mi hija, señor Blackstone?

—Estoy vigilando su antiguo número, ¿señora...? Disculpe, no sé su nombre. —No iba a ponérselo fácil. La madre de Brynne tendría que hablar conmigo por las buenas. De manera amable. Por el momento no estaba nada impresionado con su actitud.

—Me apellido Exley. —Esperó a que yo dijese algo, pero no lo hice. Juego al póquer y sé cuánto esperar—. ¿Por qué está usted vigilando su móvil?

No pude evitar sonreír. Los dos sabíamos quién había ganado esta ronda.

—Sí, bueno, trabajo en seguridad, señora Exley. Me dedico a eso. El padre de Brynne me contrató para protegerla mientras investigaban al senador Oakley. No me voy a andar por las ramas con usted, señora. Sé igual que usted por qué su seguridad está en peligro. Lo sé todo. —Hice una pausa para darle efecto—. Ella misma me contó lo que le hizo el hijo de Oakley.

Escuché una inhalación profunda y habría pagado por ver su cara, pero tuve que hacer uso de mi imaginación.

—Usted es el que le compró ese retrato, ¿verdad? Ella me contó que usted compró una fotografía de ella desnuda y que después la llevó a casa. Algo que debería saber acerca de Brynne, señor Blackstone, es que le encanta escandalizarme.

—Ah, ¿sí? No tenía ni idea, señora Exley.
Brynne no me habló de usted hasta anoche. No
tengo ninguna referencia suya.

Ella pareció ignorar mi sutil insulto y fue
directa a matar.

—¿Así que mantiene una relación con mi
hija, señor Blackstone? Sé leer entre líneas y hacer
suposiciones tan bien como cualquiera. Y Brynne es mi única hija, y al contrario de lo que le haya
contado, la quiero y deseo lo mejor para ella.

—Llámeme Ethan, por favor, y sí, puedo decir
sin lugar a dudas que mantengo una relación con
Brynne. —Cogí otro cigarro y el mechero. ¿En serio? Esta mujer no sabía con quién estaba jugando.
Podríamos seguir así todo el día y de todos modos
ganaría—. Y yo también.

Se quedó en silencio un segundo y después
preguntó:

—¿Usted también qué, señor Blackstone?

—Quiero a su hija y lo único que deseo es
lo mejor para ella. La mantendré a salvo de cualquier peligro. Ahora es mi responsabilidad.

De nuevo solo podía imaginarla poniendo
mala cara por lo que acababa de decir y me preguntaba cómo mi chica era capaz de soportar todas

las críticas de esta mujer. Capté que ella no tenía ningún interés en llamarme por mi nombre de pila. Me entristeció por Brynne. Sobre todo cuando yo echaba tanto de menos a mi madre y aquí estaba Brynne con una madre que censuraba cada una de sus decisiones. Prefería el precioso recuerdo de la madre que nunca tuve que tener que lidiar con esta bruja el resto de mi vida.

—Bien, entonces ¿podría por favor darme su nuevo teléfono dado que ella ha sido incapaz de hacerlo? —Ahora pretendía hacerse la víctima herida, y quería deshacerse de mí lo antes posible.

En este momento estaba sonriendo. Joder, me encantan las manos ganadoras.

—Oh, por favor, señora Exley, no se ofenda. Todo esto pasó de repente anoche. Brynne me contó algo ayer y tomé la decisión de que lo que necesitaba era un móvil nuevo. Es así de sencillo. Aún no ha tenido tiempo de ponerse en contacto con usted, estoy seguro de que esa es la única razón. —Es fácil ser magnánimo cuando tienes las mejores cartas.

—¿Usted tomó la decisión, señor Blackstone?

—Sí. —Dios, mi cigarro sabía de maravilla.

—¿Por qué toma usted esas decisiones por Brynne? —Parecía que *mami* tenía garras.

—Porque, como ya le he dicho antes, señora Exley, voy a mantenerla a salvo de cualquier persona o situación que pueda hacerle daño. De cualquier persona... o situación. —Inhalé una buena bocanada de mi cigarrillo y disfruté del sabor a clavo.

Entonces permaneció en silencio. Esperé y finalmente ella cedió.

—¿El nuevo número de Brynne, señor Blackstone?

—Mire, señora Exley. Le diré algo. Le mandaré un mensaje de texto desde mi móvil con el nuevo número de Brynne, de ese modo tendrá el mío también. Si tiene alguna queja sobre esta situación con Brynne o si la prensa contacta con usted haciendo preguntas sobre su pasado, me gustaría que lo compartiese conmigo. Por favor, llámeme a cualquier hora.

Nuestra conversación decayó muy rápido después de eso y me sentía algo agotado una vez que colgamos. Dios mío, era difícil. Pobre Tom Bennett. ¿Cómo diablos había podido estar con ella? No puedo entender por qué empezó esa relación y tampoco sabía qué aspecto tenía esa mujer. Apuesto a que era guapa. Fría, pero atractiva.

Escribí a la madre de Brynne con su nuevo número y un mensaje corto: Un placer charlar con usted, sra E. EB., y sonreí todo el tiempo mientras tecleaba.

Brynne me envió un mensaje de texto una hora después: Has hablado con mi madre ¿! :O

Oh, Dios, su madre ya había dado con ella. Esperé no haber causado muchos problemas. Le contesté: Lo siento nena. Llamó a tu móvil antiguo y no se alegró cuando le contesté :/

Brynne respondió de inmediato: Siento que hayas tenido ke tratar con ella. Te lo recompensaré ♥ ♥.

Tuve que sonreír ante eso. Escribí: Me has mandado dos♥ ♥!! Acepto tu oferta, nena… y no ha sido tan terrible.

Pensé que una mentira piadosa sobre la madre de mi novia no haría daño. Esa mujer no era agradable.

Hubo una larga pausa antes de que respondiese, pero mereció la pena de todos modos: Le causaste gran impresión. Te lo cuento esta noche. Ahora tengo que ir a la famosa comida. Te echo de menos, cariño. bss ♥.

Acaricié las letras en la pantalla y no quería cerrar el mensaje. Me había llamado «cariño». Había dicho que me echaba de menos. Me había puesto besos y corazones. Intenté no analizarlo demasiado, pero resultaba difícil no hacerlo. Sabía lo que quería y me negaba a esperar ni un segundo más para tenerlo.

Mis pensamientos fueron interrumpidos cuando Frances llamó para recordarme que tenía una empresa que dirigir.

—Tengo a Ivan Everley al teléfono —dijo por el altavoz.

Le pedí que me lo pasase.

—Vuelves a tener problemas, ¿verdad? —pregunté con sarcasmo.

—Ha llegado otra amenaza de muerte, E. Esta vez a la oficina de la Federación Mundial de Tiro con Arco. A mí me importa una mierda, pero esos imbéciles de la Comisión Olímpica no me van a asignar un recinto para presentar la competición a no ser que les asegures que lo vas a vigilar tú. Los locos de verdad son los que están al cargo de estos juegos, te lo digo yo, y no tengo mucho tiempo para aguantar gilipolleces de un calibre como este.

—No lo sabía. Hablaré con ellos, pero creo que deberíamos vernos, repasar el horario y organizarte la seguridad —le dije.

—¿Qué se te ocurre?

—No sé, ¿quedamos a comer? Puedo pedirle a Frances que organice algo para cuando estés libre.

—Perfecto. Te estoy realmente agradecido, E, si no fuera por ti no creo que anunciase los juegos nunca. Tu empresa parece tener cierta influencia con esos cretinos que manejan el cotarro.

—Hablando de cretinos que manejan el cotarro..., Ivan, me acabas de recordar algo. ¿No estás tú en la junta directiva de la Galería Nacional?

Ivan resopló.

—Sí, podríamos decir que sí. ¿Por? Y vamos a hacer como que no me acabas de insultar, porque soy magnánimo y... familia.

—Vale, primo —dije entre resoplidos—. Mi novia estudia restauración de arte en la Universidad de Londres. Es americana y necesita un visado de trabajo para quedarse aquí de manera indefinida.

—Espera. Para el carro. ¿Has dicho tu novia? ¿Blackstone el inalcanzable está fuera del
mercado? ¿Cómo es eso posible, tío?

Debí haber sabido que me vacilaría en el
momento que abriese la boca. Me reí un poco
incómodo.

—No sé muy bien, pero sí, es muy buena
restaurando cuadros y le encanta lo que hace.
Y *realmente* no quiero que le expire su visado…

—Entendido, E, preguntaré. De hecho, hay
un evento próximamente en la Galería Nacional.
La Mallerton Society.

—Ah, sí, me habló de ello. Iremos. Ha estado trabajando en uno de los cuadros de Mallerton precisamente. Estoy seguro de que Brynne
te lo explicará mucho mejor que yo. Cuando te la
presente entenderás a lo que me refiero.

—Me muero de ganas de conocer a la pre-
ciosidad americana que te ha apartado de los polvos de una noche.

—Por favor, no le digas eso cuando la conozcas o tendré que hacer caso omiso de todas
esas maravillosas amenazas de muerte que reci-
bes de manera tan regular de tus leales fans.

Se rio de mí.

—Ya sabes, E, si la quieres aquí indefinidamente, todo lo que tienes que hacer es casarte con ella y no necesitará un visado de trabajo.

Mi mente se puso a mil por hora al segundo de escuchar «casarte con ella» y me encontré a mí mismo buscando a ciegas otro cigarrillo en el cajón del escritorio.

—Dime que no me acabas de decir eso. Aunque no me sorprende, eres un ignorante. Que tú defiendas el matrimonio es lo más gracioso que he oído salir de tu boca en años, o debería decir lo más ridículo.

Mi primo se rio un poco más a mi costa.

—Solo porque mi matrimonio fuera un completo desastre no significa que el tuyo lo vaya a ser, E.

—Definitivamente hemos llegado al final de nuestra conversación, Ivan. Voy a colgarte ahora mismo.

Podía seguir oyéndole reír cuando aparté el auricular de mi oreja.

Capítulo
8

Recogerla del trabajo era algo que me gustaba hacer y hoy no iba a ser una excepción. Todo marchaba bien hasta que le llegó ese mensaje al móvil. Ahora estaba simple y llanamente desesperado por tenerla delante.

Conduje hasta el aparcamiento de Rothvale, estacioné y contemplé las puertas por las que saldría del edificio; seguía dándole vueltas a la conversación con mi primo desde que habíamos hablado y, para ser sinceros, había contaminado mi imaginación con toda clase de locuras.

Casarme..., ¡¿en serio?! ¿Qué tal una relación seria en la que no quedemos con otras personas, así para empezar?

La idea de casarme nunca había entrado en mis planes. Es solo que no veía algo así escrito en mi futuro, y nunca lo había hecho. La institución en sí me merecía el mayor de los respetos, pero lo más probable es que una persona con mi estilo de vida y mi pasado resultara casi con total seguridad un sonoro fracaso cómo marido. Había tanta mierda en mi pasado, que se remontaba hasta tan atrás, que me era muy difícil recordar la época en la que podría haberme convertido en una persona normal.

Mi hermana estaba casada, y muy feliz además, y tenía tres niños preciosos. Supongo que Hannah y Freddy eran un modelo al que aspirar, solo que yo nunca pensé en seguirlo. Mi hermana había elegido una vida casera y había bendecido a nuestro padre con nietos, y más que nada me había librado de tener que competir con ella. Es decir, Hannah lo había hecho tan bien que no había necesidad de que yo me sintiera presionado.

Decidí llamarla mientras esperaba a que saliera Brynne. Sonreí cuando respondió al segundo tono.

—¿Cómo está mi hermanito?

—Perdiendo la cabeza con el trabajo —le contesté.

—Ese no es el único motivo por el que estás perdiendo la cabeza, o eso he oído.

Hannah podía ser muy petulante y pesada cuando le apetecía.

—Así que papá te lo ha soplado, ¿verdad?

—Está muy preocupado por ti. Me dijo que nunca te había visto así, ni siquiera cuando volviste a casa después de la guerra.

—Mmm. No debería haber ido y decirle esas cosas. Soy un verdadero gilipollas por haberlo hecho. Ya le compensaré de algún modo. Bueno, ¿cómo le van las cosas a mi hermana mayor?

—Buen intento, Ethan, pero no cuela. Mi hermano se enamora por fin de alguien ¿y piensas que voy a dejar escapar ese jugoso chisme? ¿Por quién me tomas? Los dos sabemos quién es el hermano más inteligente.

—No te llevaré la contraria en eso, Han —contesté a mi hermana con un suspiro.

—Vaya. De veras has cambiado, ¿eh?

—Sí, quizá lo haya hecho. Espero que sea para bien. Y papá puede dejar de preocuparse por mí, hemos vuelto a estar juntos, así que ya no soy el ser roto y desdichado que vio.

—¿Has estado leyendo poesía, Ethan? Pareces diferente.

—Sin comentarios —repliqué ignorando su sarcasmo—. Escucha, me preguntaba si podría llevarla a tu casa un fin de semana. Creo que a Brynne le encantaría *Halborough* y me gustaría sacarla de la ciudad unos días. ¿Podríais Freddy y tú hacernos un hueco?

—¿Para ti? ¿Para tener la oportunidad de conocer a la americana que ha transformado a mi frío e independiente hermanito pequeño en un sensiblero enfermo de amor y bebedor de cervezas mexicanas? No hay problema.

—Genial —contesté riéndome—. Hazme saber cuándo, Han. Quiero que la conozcáis todos, y tu preciosa casa rural sería el lugar perfecto para hacerlo. Además, echo de menos a los críos.

—Ellos echan de menos a su tío Ethan. De acuerdo..., comprobaré las reservas y te diré cuándo. Está empezando a llenarse a medida que se acercan los Juegos.

—No hace falta que me lo digas. La ciudad entera se ha vuelto loca, ¡y todavía estamos en junio!

Colgamos y miré por la ventana mientras esperaba a Brynne. Saqué su móvil de mi bolsillo y leí el mensaje que había arruinado mi, por lo demás, placentero día. Un tipo llamado Alex Craven del Museo Victoria and Albert, al que me habría encantado convertir en un eunuco, le había enviado el siguiente texto: «Brynne, me ha encantado verte de nuevo hoy. Has estado genial con lo del Mallerton. Me encantaría llevarte a cenar y seguir discutiendo cómo podemos meterte en la plantilla. No sabía que eras modelo, pero ¡ahora que he visto tus fotos quiero que me cuentes más! Alex».

Seguro que me había hecho una herida en la lengua de tanto apretar los dientes. La imperiosa necesidad de contestar era algo que deseaba tanto que podía sentirlo junto al intenso sabor a sangre en mi boca, algo así como: Vete a la mierda, imbécil. Ya está pillada y su hombre te cortará las pelotas si se te ocurre imaginártela desnuda. Fdo.: Ethan y su enorme cuchillo. Por supuesto, no lo hice, pero por los pelos.

Dios, ¿cómo controlarme? No era nada bueno en ese tipo de cosas. Los celos son una mierda y con Brynne los tendría en abundancia. Era de esperar porque ella era muy atractiva y además se exponía. Necesitaba que me proporcionara más seguridad y estaba convencido de que ella aún no se encontraba preparada para darme nada más.

Abrió la puerta del copiloto y entró, desplomándose sobre el asiento, con el rostro encendido a causa de la carrera que se había dado bajo la ligera llovizna que había comenzado a caer cuando aparqué. Sonrió y se inclinó hacia mí para besarme.

—Bueno, aquí estás —le dije al tiempo que la estrujaba. Tenía la piel un poco fría, pero sus labios emanaban calor y suavidad para mí. «¡Sí, joder, para mí!».

Poseí su boca y sostuve su rostro contra el mío, reclamándola para mí hundiendo la lengua hasta el fondo para que pudiera sentir cuánto la deseaba. En un primer momento ella permitió el ataque y yo no aflojé hasta que soltó un chillido, haciéndome ver que tenía que retroceder.

—Perdona, ha sido un poco bestia —dije, y al tiempo le puse mi mejor cara de escarmentado.

Le cambió la cara y aprecié en sus ojos esa mirada indagadora. Dios, estaba guapísima. No me extraña que a imbéciles llamados Alex les excitara verla desnuda. A mí me excitaba verla desnuda. ¡Como para follármela ahora mismo! Hoy tenía el pelo suelto y llevaba una chaqueta de color verde oscuro y una bufanda. Lucía unos colores preciosos, que realzaban el verde y el avellana de sus ojos, y unas gotas de lluvia salpicaban su cabello.

—Ethan, ¿qué pasa?

—¿Qué te hace pensar que pasa algo?

—Una buena corazonada —sonrió burlona—, y el morreo me lo ha confirmado.

—Solo te echaba de menos, eso es todo —dije negando con la cabeza—. ¿Cómo ha ido el almuerzo con esos colegas a los que querías impresionar?

—Ha ido genial. Tuve que hablar sobre la restauración de lady Perceval, y la verdad es que les he dado algo que va a hacer que me recuerden. Espero que salga algo de ello. Quizá suceda. —Sonrió—. Y te lo debo todo a ti.

Me dio un beso en la boca y sostuvo mi barbilla en su mano. Yo traté de devolverle la sonrisa. Creía haberlo hecho, pero al parecer disimular mis sentimientos se me daba tan mal como lidiar con mis celos. «Oh, sí, saldrá algo de esto, cariño. Que Alex Craven se empalmará y recordará tus fotos desnuda, ¡y no a la entrañable lady Perceval sosteniendo su precioso y extraño libro! Las fotos de

Mallerton pueden irse a la mierda, ¡lo que él quiere es a Brynne Bennett sobre su polla!».

—¿Me vas a decir lo que te pasa? —preguntó suspirando—. Acabas de gruñir y estoy segura de que eso no es el signo internacional para expresar felicidad y armonía —indicó. Parecía muy molesta conmigo.

—Esto te llegó hace un rato —contesté al tiempo que depositaba su móvil en su regazo con el mensaje en la pantalla.

Lo cogió y lo leyó, tragó saliva y me miró de perfil.

—Al ver esto te has puesto celoso —afirmó sin preguntar.

Asentí. Le soltaría todo lo que pienso ya que teníamos esa conversación.

—Quiere follar contigo.

Todos los hombres quieren después de ver tus fotos. No era tan idiota como para decirle eso, pero, colega, tenía derecho a pensarlo si quería. ¡Era la cruda verdad!

—Lo dudo mucho, Ethan.

—Entonces ¿es gay?

—No creo que Alex sea gay —respondió encogiéndose de hombros—, pero en realidad no lo sé.

—Entonces sí o sí quiere follar contigo —dije en tono grave mientras miraba hacia la ventana, ahora cubierta de lluvia, creando una atmósfera en perfecta sintonía con cómo me sentía.

—Ethan, mírame.

El tono de su orden me impactó sobremanera. Y me puso cachondo.

Me quedé mirando a la chica que había llegado a significar tanto para mí en tan poco tiempo, y me pregunté qué querría decirme. No sabía cómo compartirla, o cómo no estar celoso, o cómo ser la elegante pareja de una modelo de desnudo artístico con la que otros hombres babeaban o con la que tenían fantasías sexuales. De verdad que no sabía cómo ser ese hombre.

—Alex Craven *no es un hombre*.

Brynne apretó los labios para no reírse a carcajadas. No importaba. Me sentía lo bastante aliviado como para aceptar sus burlas e incluso más.

—Ah —conseguí balbucir, sintiéndome muy, muy idiota—, bueno, entonces *deberías* ir a cenar con Alex Craven y te desearé toda la suerte del mundo, nena. Parece que ella quiere contratarte de verdad —dije asintiendo.

—Te preocupas demasiado, cariño —comentó después de reírse de mí.

Me incliné hacia sus labios pero sin llegar a tocarlos.

—No puedo evitar preocuparme, y me encanta cuando me llamas «cariño».

La besé de nuevo, pero esta vez no como un Neanderthal, sino como debería haberla besado en un primer momento. Deslicé mis dedos por su cabeza e intenté mostrarle cuánto significaba para mí. Me separé lentamente, mordiendo su labio inferior, bajando la mano por su cara y por su cuello.

—Quiero llevarte a casa, ahora. A la mía. Lo necesito... con urgencia.

Espero que entendiera que esa era mi forma de requerirla. Le había pedido que se trajera ropa suficiente para unos días, pero no estaba seguro de que al final lo hubiera hecho. La quería a mi lado todo el tiempo. No podía explicarlo sino como un profundo deseo..., una necesidad de tenerla junto a mí, para hablar y tocarnos. Y para follar. Eso me convertía en un jodido necesitado, pero ya no me importaba, y contenerme y no exigirle tanto me resultaba casi imposible.

—De acuerdo, esta noche en tu casa.

Hundió los dedos de su mano entre mi cabello, mientras me inspeccionaba una vez más con sus inteligentes ojos. Juro que podía leerme como un libro abierto, y me pregunté incluso por qué me soportaba. Tenía la esperanza de que se debiera a que ella estaba empezando también a quererme, pero detestaba pensarlo mucho porque siempre llegaba a: «¿Y si no me quiere?».

—Gracias.

Le cogí la mano y la conduje desde donde estaba hasta mis labios para besarla. Alcé la vista para ver su reacción y me hizo muy feliz ver que sonreía. Yo le sonreí a su vez y puse el coche en marcha. Era hora de llevar a mi chica a casa, a solas, donde podría poner en práctica todas las cosas que en realidad quería hacer con ella.

El pollo al parmesano que saboreaba en mi boca estaba cocinado a la perfección: la carne jugosa, una salsa excelente, las especias, aunque la acompañante que se sentaba al otro lado de la mesa era todavía mejor.

Había estado observando cómo cocinaba mientras yo trabajaba con mi portátil. Más o menos. Fui y me instalé en la barra de la cocina, y no podía evitar mirarla y sonreírle de vez en cuando. Disfrutaba mucho con los ruidos que hacía cocinando. Me provocaba una sensación agradable, unida a los deliciosos aromas de una estancia en la que rara vez pasaba mucho tiempo. Los aromas de la cena que Brynne estaba preparando con sus dulces manos.

Jodidamente sexy, si me preguntas.

Era diferente a lo que Annabelle hacía por mí: una empleada que limpiaba y cocinaba y metía los platos con su etiqueta en el frigorífico. Esto era algo real. Algo que la gente hacía porque le importaba, no porque les pagaran por ello.

Tener en mi casa a una mujer cocinando para mí era algo que me resultaba ajeno. Pero estaba bastante seguro de que podría acostumbrarme a ello. Sí. Brynne me había atrapado. Brillante, sexy, atractiva, formada, una cocinera buenísima, y todavía mejor en la cama. ¿He mencionado que además es sexy y atractiva? Pensé en cuando nos fuéramos a la cama más tarde.

Di otro bocado y degusté su sabor. Brynne tenía el pelo recogido con una pinza y llevaba una camiseta de color rojo carmín con un pronunciado cuello en pico que hacía que mi vista se dirigiera hacia sus apetitosos pezones, que estaban bien duros y clamaban por mi boca. Algunos cabellos se habían deslizado de su pinza y descansaban sobre su magnífico escote. *Mmmmm..., delicioso.*

—Me alegra que pienses eso. En realidad es muy fácil de preparar —dijo.

Contemplé su boca y sus labios mientras le daba un sorbo al vino, sorprendido de haber dicho eso en voz alta, y contento por que pensara que solo me refería a la comida.

—¿Dónde aprendiste a manejar tan bien las pollas? —musité—, quiero decir, ¡las ollas! —Puso los ojos en blanco y movió la cabeza. Yo le sonreí y le guiñé un ojo—. Se te dan *ambas* cosas muy bien, amor, tanto mi polla como mis ollas.

—Idiota —gruñó—. He visto programas de cocina en la tele y he aprendido. Mi padre me dejó que experimentara con él después de divorciarse. Puedes preguntarle cuándo empecé a manejar las ollas —rio, pinchando otro pedazo de la cena y metiéndoselo en la boca—, pero ¡mejor no le preguntes cuándo empecé a manejar tu *polla*!

Me reí e incliné la cabeza.

—Entonces ¿no se te daba tan bien como la cena que me has hecho esta noche?

—Ni de lejos. Mis primeros intentos fueron horrorosos, y mi padre lo pagó. Aunque nunca se ha quejado.

—Tu padre no es idiota, y te quiere muchísimo.

—Me alegra que hayáis hablado largo y tendido. A él de verdad que le caes muy bien, Ethan. Te respeta mucho —dijo sonriéndome.

—Ah, bueno, yo pienso lo mismo de él —repuse, dudando si sacar a colación a su madre, pero pensé que debía hacerlo—. Tu madre en cambio no creo que se quedara muy impresionada hoy conmigo. Perdóname. Pensé que lo mejor era presentarme yo mismo y contarle qué estaba haciendo en tu vida, aunque bien es verdad que podría haber tenido más tacto.

—No pasa nada —dijo negando con la cabeza—. En realidad me comentó que le alegra que me cuides, y que parecías decidido a asegurarte de que no me pasara nada... —Capté el titubeo de su voz, y lo único que quería era tranquilizarla, pero esperé a que acabara—. Sin embargo, piensa que estás obsesionado conmigo —explicó Brynne mientras jugueteaba con el pollo.

—Fui muy directo con ella, es cierto —repliqué encogiéndome de hombros—. Le dije lo que siento por ti.

—También me lo contó —respondió sonriéndome—. Muy valiente por tu parte, Ethan.

—Decirles la verdad no es valiente, es lo mínimo. —Negué con la cabeza—. Es importante que tus padres sepan que no me limito a proteger a su hija —añadí, y a continuación extendí mi mano hacia ella—. Es importante que tú también lo sepas, Brynne, porque para mí eres mucho más que eso.

Puso su mano sobre la mía y yo la apreté, cerrando mis ojos al tiempo que mis dedos rodeaban los delicados huesos de su mano. La misma mano adorable que había cocinado mi cena esta noche, y me había hecho el nudo de la corbata por la mañana. La misma mano que acariciaría mi cuerpo cuando la llevara a la cama y la tumbara encima, de aquí a un ratito.

—Tú también lo eres para mí, Ethan.

Sentí cómo ese afán de posesión se apoderaba de mí una vez más. Juro que funcionaba como un interruptor. En principio estaba llevando la situación bastante bien, o eso pensaba, y entonces de repente alguien decía algo, o se hacía alguna alusión, y pam, entraba en el modo «necesito follarte ahora».

Sus palabras eran todo lo que necesitaba escuchar. Me levanté de la silla y la llevé conmigo, cogiéndola en brazos y sintiendo cómo sus largas piernas rodeaban mi cintura de forma que pudiera llevarla del comedor a mi habitación.

Ella sostuvo mi cara entre sus manos y me besó durante todo el recorrido. Yo no me quejé. Me encantaba cuando se excitaba así. Y Brynne sabía cómo hacerlo.

Gracias. Joder.

Le quité la camiseta y los pantalones, sin esperar a los preliminares de desnudarse lentamente; necesitaba ver su cuerpo antes de perder el control. Llevaba un sujetador violeta y un tanga negro.

—¿Qué intentas hacer conmigo, mujer, matarme? —gemí encima de ella.

—Jamás —susurró después de sonreír y mover su cabeza de un lado a otro.

Me incliné y la besé despacio y con dulzura ante esa respuesta, pero mi corazón latía con fuerza, rápido. Dios, me encantaba cómo era conmigo, tan dulce y seductora, aceptando lo que le daba.

Me encantaban tantas cosas de ella...

Giré su cuerpo sobre su tripa, desabroché su precioso sujetador y me deshice de su tanga. La contemplé y solté aire, mientras mis manos descendían sin premura hacia su espalda, sus caderas, las nalgas de su precioso trasero, y entonces de nuevo subí.

Una vez que estuvo desnuda, me calmé y fui más despacio. Me quedé con la ropa puesta y me tumbé a su lado. Giró su cara hacia la mía y nos quedamos mirándonos el uno al otro.

Estiré la mano hacia la pinza del pelo y se la quité, dejando caer su cabello sobre su espalda y sus hombros. Brynne tenía el pelo largo y sedoso. Me encantaba tocarlo y deslizar mis dedos entre sus mechones. Me encantaba cuando caía sobre mi pecho mientras estaba encima de mí y se ocupaba de mi sexo. Me encantaba agarrar un buen mechón de su pelo y sujetarla mientras la follaba hasta que tenía un orgasmo devastador y gritaba mi nombre.

Pero esa noche no hice nada de eso. En su lugar me ocupé de ella despacio y con cuidado, llegando a todos los lugares que debía con mi lengua y mis dedos, haciendo que se corriera una y otra vez antes de desnudarme y que mi sexo ahondara en ella.

Nos compenetramos a la perfección. El sexo con ella me transportaba muy lejos, a facetas de mí mismo remotas y complejas, y aunque Brynne no fuera consciente de ello, yo sí lo era. Ni siquiera sé qué le decía durante los momentos más álgidos. Le digo todo tipo de cosas porque a ella le gusta que diga obscenidades. Eso me hizo saber. Y es algo muy bueno porque no lo puedo evitar. El filtro entre mi cerebro y mi boca es casi inexistente.

Seguía sin saber qué le había dicho después del explosivo orgasmo. Me había dejado tan exhausto que empecé a quedarme dormido todavía enterrado en ella, esperando que me dejara quedarme un rato más.

Pero lo averigüé cuando ella me dijo:

—Yo también te quiero.

Abrí los ojos de repente y me quedé mirando en la oscuridad, agarrado a ella. Y jugué con el sonido de esas palabras una y otra y otra vez.

Joder. Van a hacerlo. Mi corazón comenzó a latir con fuerza mientras un miedo que jamás había experimentado despertaba la adrenalina almacenada en mis venas y la distribuía por todo mi cuerpo. Había estado esperando que esto pasara. Muy dentro de mí era consciente de que sucedería, pero en aras de mi cordura lo había alejado de mí. Negarlo funcionó un tiempo, pero ahora ese tiempo había expirado.

—¿Estás preparado? —me preguntó.

El ser que formulaba la pregunta era el mismo al que quería destripar y dejar que se desangrara poco a poco. Aquel que hablaba sobre ELLA. El que amenazaba todo el tiempo con hacerle daño.

Joder, ¡NOOOO!

Movía la cabeza mientras avanzaba hacia mí, su rostro acercándose, el humo de su cigarrillo de liar con olor a clavo formando remolinos y tentándome, haciéndome la boca agua. Es curioso que pudiera desear así un cigarrillo en un momento como ese, pero así era. Le habría arrancado el puto cigarrillo de la boca y lo habría metido en la mía de haber podido.

Alguien detrás de mí me inmovilizó los brazos y me tapó la nariz. Yo intenté contener la respiración y morir así, pero mi cuerpo me traicionó. Durante el segundo que cogí aire, algo repugnante descendió por mi garganta. Yo intenté impedir que la sustancia descendiera, pero una vez más mi cuerpo asumió el control de manera instintiva para que siguiera respirando. Qué irónico. Me estaban drogando para luego matarme..., de modo que no tratara de resistirme..., de modo que pudieran grabar mi muerte y enseñársela a todo el planeta.

No. No. ¡No!

Forcejeé como pude, pero él sencillamente se reía de mis esfuerzos. Sentía que se me saltaban las lágrimas pero estaba seguro de que no estaba llorando. Nunca lloraba.

Él dio la orden a gritos y entonces la vi. La cámara. Un subordinado la colocó en un trípode mientras yo miraba y dejaba manar las lágrimas a medida que el opio comenzaba a hacerme efecto.

Me di cuenta de que realmente estaba llorando.

Pero no por las razones que ellos pensaban. Lloraba por mi padre y por mi hermana. Por mi *chica. Todos verían cómo me hacían... esto. El planeta entero lo vería. Ella lo vería.*

—Preséntate —me ordenó. Yo negué con la cabeza e hice gestos hacia la cámara.

—¡Nada de vídeo! ¡Nada de vídeo, cabrón! ¡Nada de un puto vídeo!

El revés que me propinó en la boca fue tan brutal que el golpe me hizo callar. Le gritó otra orden al hombre que portaba la cámara, que apuntó el objetivo a mi placa de identificación y leyó en un pobre inglés:

—Blackstone, E, capitán del Servicio Aéreo Especial. Dos, nueve, uno, cinco, cero, uno.

Volvió a caminar hacia mí, esta vez al tiempo que sacaba de su funda un khukri, *un machete nepalí. La hoja era curva y estaba bien afilada. Incluso con mi cada vez más debilitada capacidad para reaccionar, fruto de la droga, podía ver que la habían preparado para el trabajo que estaba a punto de acometer.*

Pensé en mi madre. Toda mi vida había querido tener una, y ahora más que nunca. No fui valiente. Tenía miedo a morir. ¿Qué le pasaría a Brynne? ¿Quién la protegería de ellos una vez que yo no estuviera?

Oh, Dios...

—*Nada de vídeo, nada de vídeo, nada de vídeo, nada de vídeo.* —*Eso era todo lo que podía murmurar. Y si ese sonido ya no era comprensible a través de mi boca, entonces sería la última cosa que pasaría por mi cabeza junto con:* «*Lo siento mucho, papá. Hannah. Brynne. Joder, lo siento mucho...*».

—¡Ethan! Amor, despierta. Es una pesadilla. —La voz más dulce del planeta llegó a mis oídos y las manos más suaves del mundo me tocaron.

Me erguí de golpe jadeando, recuperando la conciencia, que me llevaba a un estado de alerta total. Sus manos se alejaron de mí cuando le di un golpe al cabecero de la cama y traté de coger oxígeno. Pobre Brynne, tenía los ojos abiertos de par en par y parecía aterrada mientras se recostaba conmigo en la cama.

—¡Dios, joder! —jadeé cuando me di cuenta de dónde me encontraba.

¡Respira, coño!

Me había pasado esto muchas veces. Solo estaba en mi cabeza. No era real. Pero ahí estaba, sentado, perdiendo la cabeza por completo delante de mi chica. Esto debía de asustarle muchísimo, y lo lamentaba sobremanera. Me entraron ganas de vomitar.

Ella extendió de nuevo la mano hacia mí y su tacto sobre mi pecho me calmó y me trajo de vuelta al presente. Brynne se hallaba muy cerca de mí, en la cama, y no en ese jodido sueño. Seguía arrastrándola a mis pesadillas. ¿Por qué demonios hacía eso?

Se aproximó más a mí y yo apreté su mano contra mi pecho con fuerza, pues necesitaba su tacto como un salvavidas.

—¿Qué ha sido eso, Ethan? Estabas gritando y te movías agitado por toda la cama. No podía despertarte...

—¿Qué decía? —la interrumpí.

—Ethan... —dijo con suavidad mientras alargaba la mano hacia mi cara y me acariciaba la mandíbula con los dedos.

—¿Qué decía? —grité al tiempo que le agarraba la mano y la mantenía apartada de mí, sintiendo cómo me entraban arcadas al pensar en lo que podría haber salido de mi boca.

Ella se echó hacia atrás sobresaltada y se me rompió el corazón en mil pedazos por haberla asustado, pero necesitaba saber lo que había dicho. Me quedé mirándola en la oscuridad e intenté coger bastante oxígeno para llenar mis pulmones. Un ejercicio casi inútil no obstante. No había suficiente aire en todo Londres para mí en ese momento.

—Decías una y otra vez: «Nada de vídeo». ¿Qué quiere decir *eso*, Ethan?

La sábana se había caído y la tenía por su cintura, así que dejaba al descubierto sus hermosos pechos desnudos a la luz de la luna que se colaba por los tragaluces. Advertí cautela en sus ojos mientras liberaba su mano de la mía y no me gustó nada. La solté.

—Lo siento. A..., a veces tengo pesadillas. Perdona por haberte gritado. —Me levanté de la cama de golpe y fui al baño. Me incliné sobre el lavabo y dejé que el agua corriera por mi cabeza, me enjuagué la boca y bebí del grifo. Joder, necesitaba poner en orden mi mente. Esto no era nada bueno. Tenía que ser fuerte por ella. Toda esa mierda ya era historia y estaba enterrada en lo más profundo de mi pasado. No era bienvenida en mi presente, y mucho menos en mi futuro con Brynne.

Sus brazos me rodearon por detrás. Podía sentir a Brynne desnuda contra mi espalda y eso despertó a mi verga. Apretó sus labios contra mis cicatrices y las besó.

—Háblame. Cuéntame qué era eso. —Su voz suave portaba la fuerza de una determinación de acero, pero de ninguna manera podía mezclarla en esta mierda de la tortura.

De ninguna manera la voy a hacer partícipe. No a alguien tan inocente como ella.

—No, no quiero hacerlo. —Alcé la vista al espejo que descansaba sobre el lavabo y me vi, con el agua goteando por mi pelo, los brazos de Brynne rodeándome y sus manos descansando sobre mi pecho, donde mi corazón latía sin piedad fruto de una terrible pesadilla. Todavía me sujetaba, sosteniendo mi corazón entre sus hermosas manos. Me había seguido hasta aquí para tranquilizarme.

—¿Qué vídeo, Ethan? No parabas de gritar algo de un vídeo.

—¡No quiero hablar de ello! —respondí, y cerré los ojos al escuchar el tono de mi voz contra ella, odiando la rabia que contenía, odiando que tuviera que verme así.

—¿Era por mí? ¿Por mi vídeo? —preguntó al tiempo que retiraba las manos y las alejaba de mí—. Dijiste que no lo habías visto. —Pude apreciar su voz herida, e imaginé lo que estaba pasando por su mente. No podía hallarse más equivocada.

Entonces perdí total y absolutamente los nervios, asustado ante la posibilidad de que no me creyera, aterrorizado por que me dejara otra vez. Me giré y la apreté fuerte contra mí.

—No, nena. No es eso. Por favor. No es eso. Soy yo, algo del pasado..., un momento horrible en la guerra.

—Pero no me lo vas a contar... ¿Por qué no puedes decirme qué te pasó? Tus cicatrices..., Ethan... —Intentó apartarse de mí, poner distancia entre los dos, pero ni de coña iba a permitirlo.

—No, Brynne, te necesito. No me apartes de tu lado.

—No lo...

Interrumpí sus palabras aplastando mi boca contra la suya, poseyéndola con mi lengua tan hondo que todo lo que ella pudo hacer fue aceptarla. La cogí y di tumbos hacia la cama. Tenía que estar dentro de ella, en todos los sentidos. Necesitaba ratificar que ella se hallaba aquí, que yo estaba vivo, que ella estaba a salvo bajo mi cuidado, que yo estaba vivo..., que ella estaba a salvo..., que yo estaba vivo...

—Nena, eres tan guapa y me haces tanto bien... Lo eres todo para mí, ¿de acuerdo? Dime que me deseas —balbuceé mientras separaba sus piernas con mis rodillas y metía dos dedos dentro de su sexo, húmedo y caliente. Empecé a acariciarlo, moviendo el semen de antes por su clítoris, sintiendo cómo le gustaba.

—Te deseo, Ethan —respondió con la voz entrecortada, con su sexo cada vez más excitado para mí, listo para recibirme.

Dios, tenía que luchar para no perder el control cuando se volvía tan sumisa conmigo. Era lo que más me excitaba, aunque en realidad ella era la primera persona con la que funcionaba así.

—Dime que me dejarás poseer cada rincón de tu cuerpo. Cada parte. ¡Lo quiero todo, Brynne!

—Te dejaré —gritó—. Aquí me tienes.

Me lancé contra su boca otra vez y hundí mi lengua bien profundo, mientras mis dedos se movían dentro de su sexo, poniéndola más húmeda aún.

—Tu boca es mía cuando envuelves mi polla con esos labios de frambuesa y me la comes.

Se movía debajo de mí. Me arrastré desde sus labios para lanzarme a su pezón. Lo mordí lo suficiente como para arrancarle un gemido, y entonces lo lamí, para luego hacer lo mismo con el otro pezón.

—Tus preciosas tetas también me pertenecen. Cuando las muerdo y las lamo y te vuelves loca.

—Oh, Dios...

Bajé por su cuerpo, con mis dedos todavía dentro de ella, deslizándolos por su clítoris, llevándola al borde del orgasmo.

—Este coñito tan dulce me pertenece a mí cuando lo lleno con mi polla y me corro dentro —susurré más obscenidades, y estaba seguro de que se estaba excitando cada vez más.

Ella se sacudía y movía la cabeza de un lado a otro, y me encantaba hacer que se pusiera así de salvaje.

Pasé la lengua por su clítoris, mordiéndoselo incluso, pellizcando sus labios hasta que la escuché gritar y pasé a hacerlo de forma más suave, con cuidado, tocándola con delicadeza, excitándola más y más.

—¡Necesito más! ¡Fóllame, Ethan!

Oh, sí, estaba más cachonda.

Joder, por fin tenía a mi chica justo donde la quería. Me volví loco con su esencia por toda mi lengua, mi sabor, su olor, su calor y ¡con el sexo apasionado y sudoroso!

—Puedo darte más, nena. Quiero darte mucho más. —Saqué mis dedos de su vagina y los deslicé hacia su otro agujero, bordeándolo con mi dedo índice, completamente empapado. Cogió aire y contuvo la respiración. Levanté la cabeza y le recorrí el cuerpo, apoyado en un brazo y dejando la otra mano libre para explorar. Metí solo la punta de mi dedo y la miré a los ojos. Tenía un aspecto salvaje, con los ojos echando fuego—. Quiero hacértelo por aquí, Brynne. ¿Dejarás que te folle tu precioso culito? —dije contra sus labios temblorosos, mordiendo el inferior, con la punta del dedo todavía haciendo círculos, en espera de su respuesta.

—¡Sí! —contestó con un susurro brusco, así que era evidente que estaba de acuerdo.

Me aparté y la puse bocabajo. Alcé sus caderas y separé bien sus piernas para poder acceder a ella de rodillas. Estaba impresionante. Toda abierta para mí, expectante, solícita, sobrepasando la perfección.

Con la mano en mi pene, moví la punta por su sexo empapado, frotándola por su clítoris una y otra vez, llevándola más cerca del orgasmo y con mi polla bien lubricada.

—Mmmmm —gemí mientras colocaba la punta en su estrecho agujerito—. Eres tan jodidamente perfecta... —Empujé y la penetré solo con la punta de mi sexo, tratando de abrírselo un poco, y pensé que podía perder el control y eyacular antes de metérsela.

Se puso tensa y arqueó el cuerpo debido a mi invasión, de modo que aflojé en el acto y posé mi mano en la parte inferior de su espalda para tranquilizarla.

—Tranquila..., relájate, nena.

Se quedó quieta y respiró hondo, esperándome, sometiéndose a mis deseos, lista para que la poseyera y tan contraída que me aferraba la punta de mi verga, a punto de estallar. No quería hacerle daño, pero, por Dios, me ponía a mil, ahora que estaba a punto de reclamar el último lugar donde podría fundirme en ella.

Se estremeció debajo de mí.

—Estás a punto de hacer que me corra, nena. Mato por hacerlo, pero quiero que lo hagas tú primero. ¡Voy a hacer que te sientas muy bien!

—¡Ethan, haz que me corra, por favor! —Se contoneaba contra la punta de mi verga, preparada para recibirla entera. Me di cuenta de que me dejaría hacerlo aunque le hiciera daño, puesto que era una amante muy generosa.

¡Santo cielo, ayuda!

Tuve que reunir todas mis fuerzas para no hundirme dentro de esa parte de su cuerpo tan abierta y misteriosa que aún tenía que reclamar. Quería hacerlo. Necesitaba hacerlo. Pero, sobre todo, quería y necesitaba cuidarla. Sabía que iba a dolerle y que ella no estaba en absoluto preparada. Tendríamos que trabajar en ello, algo que anhelaba. Como todo lo que hacíamos por primera vez juntos. Ahora mismo estaba totalmente fuera de mí y este no era el momento para empujarla a tener sexo anal por primera vez.

—Brynne..., te quiero mucho —susurré contra su espalda, apuntando hacia abajo con mi verga para buscar su sexo. Lo tenía tan caliente que ardía al tacto. Escuché mi propio grito cuando entré de golpe en ella y empecé a follarla. Mis manos sujetaban sus caderas con fuerza y tiraban de su espalda con violencia hacia mi verga, una y otra y otra vez, y el ruido de nuestros cuerpos chocando entre gemidos de puro placer tomó el control.

Estuvimos haciéndolo mucho tiempo. Necesitaba expulsar de mi interior ese terrible sueño, y follar era una forma de conseguir que eso ocurriera. Si puedes follar es que estás vivo. Era de una lógica aplastante muy difícil de rebatir.

Además había sido sexo duro, incluso para nosotros. Y Brynne podía hacerlo conmigo. Lo había hecho antes y lo haría de nuevo porque jamás la dejaría marchar. Jamás. No podía imaginarme haciendo con otra persona lo que acababa de hacerle a ella. Sabía que sería incapaz.

Lo entendí más tarde, en la oscuridad, después del sexo maravilloso que habíamos tenido, y después de que ella cayera en un profundo sueño a mi lado. Se había corrido tantas veces que cayó exhausta una vez que decidí parar. No obstante, en ningún momento me pidió que parara. Mi chica se entregaba a mí y no me presionaba para que le diera respuestas. Y yo se lo agradecía porque no quería hablar sobre nada de eso todavía. Mis heridas se encontraban aún muy en carne viva después de mi pesadilla.

Quería encender un cigarrillo pero me negué a ello. Me sentía mal por ella. Estaba mal obligarla a aspirar ese humo insalubre y no lo volvería a hacer con ella cerca.

Observar cómo dormía después de esa sesión, ver su respiración armoniosa, sus largas pestañas descansando sobre sus pómulos, su cabello arremolinado de manera salvaje sobre la almohada... me dejaba por completo sin aliento. Sabía que por fin había encontrado a mi ángel y me aferraría a ella con todo mi ser.

Solo fue producto de un sueño...

Ella me salvó de la completa locura de mi tormento. Me hacía desear cosas que nunca antes había deseado. Estaría dispuesto a matar si tuviera que hacerlo con tal de mantenerla a salvo. Me moriría si algo le ocurriera alguna vez.

Al final pude quedarme dormido de nuevo, y se debió solo a que ella estaba ahí conmigo.

Capítulo
9

Me desperté en una cama vacía y en un apartamento vacío, y en una auténtica pesadilla. Después de lo que pasó por la noche, lo último que me esperaba era que Brynne desertara.

Mi primera pista de que algo iba mal vino cuando me di la vuelta en la cama y seguí rodando por ella. No estaba el cuerpo cálido y suave con olor a flores y a sexo apasionado de anoche para acurrucarme y abrazarlo. Solo sábanas y almohadas. No estaba en mi cama. Grité su nombre y solo me respondió un siniestro silencio. Empecé a sentir un terror escalofriante.

¿Lo de anoche fue demasiado para ella?

Primero registré el baño. Se veía que había utilizado la ducha. Sus cosméticos y su cepillo descansaban en el tocador, pero era evidente que ella no estaba. Ni en la cocina haciendo café, ni en mi despacho leyendo sus correos electrónicos, ni haciendo ejercicio en el gimnasio; no estaba *en ninguna parte* dentro del apartamento.

Puse el vídeo de la cámara de seguridad en el dispositivo de control que grababa la puerta principal y el pasillo. Cualquiera que hubiese entrado o salido estaría ahí. Mi corazón palpitaba con tanta fuerza que debía de verse el pecho en movimiento. Rebobiné la última hora y allí estaba, vestida con un chándal y zapatillas de deporte de camino a los ascensores, con los auriculares en los oídos.

—¡Joder! —grité mientras daba un golpe con la mano en la mesa. ¿Ha salido a correr? Increíble. Parpadeé ante lo que estaba viendo y me froté la barba con la mano—. ¡Dime que la tienes controlada en este momento! —grité a través de la línea directa que tenía con Neil.

—¿Qué? —Sonaba como si todavía estuviese en la cama y yo me puse más nervioso todavía.

—Respuesta incorrecta, macho. Brynne ha salido del apartamento. ¡A correr!

—Estaba durmiendo, E —se explicó él—. ¿Por qué iba a estar siguiéndole la pista si estaba en el apartamento contigo?

Colgué a Neil y llamé a Brynne al móvil. Saltó el buzón de voz, por supuesto. Casi tiro el mío contra la pared, pero me las arreglé para mandarle un mensaje: «DOND COÑO STAS?».

Fui a toda prisa hasta mi armario, me puse algo de ropa y los zapatos, cogí las llaves del coche, la cartera, el móvil y bajé al garaje. Salí disparado a la calle con los neumáticos rechinando y empecé a calcular lo lejos que había podido llegar desde que la cámara de seguridad la había registrado, sin dejar de pensar en lo fácil que sería para un profesional liquidarla a estas horas y hacer que pareciera un accidente.

Era temprano, poco más de las siete, y una típica mañana nublada londinense empezaba a cobrar vida. Las furgonetas de reparto y los vendedores ambulantes ya estaban en movimiento como de costumbre, la cafetería del barrio desplegaba su enérgica actividad y unos cuantos corredores matinales hacían ejercicio, pero no veía a la que yo estaba buscando. Podía encontrarse en cualquier lugar.

No paraba de preguntarme por qué se habría ido sin decírmelo. Estaba cagado de miedo de que fuera por mí. Por lo que había visto de mí anoche. Por lo que había pasado después… Estaba tan perdido con Brynne que era ridículo. Dios sabe que los dos tenemos nuestros problemas, pero tal vez la locura de anoche era más de lo que ella podía soportar. Me froté el pecho y seguí conduciendo.

Sonó el móvil. Neil. Lo pasé al manos libres.

—Aún no la he encontrado. Ahora estoy en Cromwell, me dirijo hacia el sur, pero creo que he llegado más lejos de lo que ella ha podido avanzar teniendo en cuenta la hora que indicaba la cámara de seguridad.

—Mira, E, lo siento.

—Eso me lo dices cuando la encuentres.

—Estaba enfadado pero no era culpa suya. Brynne se encontraba conmigo y Neil estaba técnicamente fuera de servicio. Fallo mío. Qué puto desastre.

—Entonces yo me dirigiré al este. Muchos corredores siguen Heath Downs junto al parque.

—Haz eso, tío.

Seguí escudriñando; rezaba por divisarla cuando me llegó un mensaje: Stas dspierto? Cmprando café. Quieres algo?

¡Qué tal tu culo en casa, mujer!

El alivio me hizo ponerme mentalmente de rodillas y dar gracias al cielo, pero estaba muy enfadado con ella por lo que había hecho. ¡Había salido a comprar café! ¡Por el amor de Dios! Paré inmediatamente solo para apoyar la cabeza en el volante un momento. Necesitaba cogerla y explicarle unas cuantas cosas sobre cómo iba a tener que cambiar su vida en los próximos meses. Y que las salidas a correr sola por las mañanas estaban descartadas del menú.

¡Joder!

Me temblaban los dedos al escribir: Q cafetería?

Una pequeña pausa y luego: Hot Java. Stas nfadado???

Absurda pregunta.

La cafetería que había nombrado era la que estaba a menos de una manzana de mi casa. Habíamos ido allí juntos unas cuantas mañanas cuando se había quedado a pasar la noche conmigo. ¡Brynne había estado al lado de casa todo el tiempo! Le contesté: No t vayas!! Voy a x ti!

Tardé al menos diez minutos en serpentear las calles de vuelta a mi barrio. Estaba enfadado conmigo mismo por varias razones, pero sobre todo por no haberme despertado cuando se levantó y se fue sin mi conocimiento. Salí tan rápido detrás de ella que había pasado justo por delante suyo en la cafetería y no la había visto, y eso era simplemente inaceptable. Estaba fallando.

Decidí dejar a un lado por el momento los motivos por los que tenía tanto sueño.

¿Por la terrible pesadilla y la maratón de polvos de después, tal vez?

Oh, sabía que eso volvería a salir a relucir en cualquier momento en alguna conversación, probablemente pronto, porque Brynne me preguntaría, pero ahora era demasiado vulnerable para enfrentarme a lo que manaba de mi subconsciente. La negación parecía mucho más atractiva.

¡Estoy jodido! Nunca mejor dicho.

¡Me cago en la leche, no estaba en la cafetería como le dije, sino en la acera con dos cafés en la mano! Y tampoco estaba sola. Un tío estaba encima de ella, dándole conversación, y a saber quién coño era. ¿Alguien que conocía? ¡O alguien que la estaba tanteando con Dios sabe qué propósito! Se había ganado una buena cuando la pillara a solas.

Tuve que aparcar al otro lado de la carretera y luego cruzar. Vio que me acercaba y le dijo algo a su acompañante, que me miró. Sus ojos se encendieron un poco y se acercó sigilosamente a ella.

Mala jugada, gilipollas.

—Ethan —dijo ella, sonriente como si esta fuera la forma perfecta de empezar el día.

Oh, querida, necesitamos con urgencia tener una charla sobre ciertas cosas.

—Brynne —corté de forma brusca mientras tiraba de ella hacia mí por la cintura y le echaba un buen y largo vistazo a su *amigo*, que debería haber seguido su camino hacía como diez minutos. El tío era demasiado atrevido para mi gusto y permanecía ahí de pie como si tuviera derecho a hablar con ella, como si lo hubiese hecho antes y tuviesen un pasado en común. ¡Mierda! La conocía. Ese hombre conocía a Brynne.

—Ethan, este es Paul Langley, esto..., un amigo del departamento. Da clase..., justo me estaba yendo cuando he visto que entraba Paul.

Estaba nerviosa. Brynne parecía incómoda, y si algo se me daba bien era leer a la gente. Podía oler la inquietud que emanaba de ella. El tío era otra historia. Parecía un chulo redomado y un poco arrogante, tal y como me lo había imaginado.

Brynne pareció darse cuenta y dijo:

—Paul, este es Ethan… Blackstone, mi novio. —Me pasó uno de los cafés—. Te he comprado uno con leche. —Me miró y le dio un sorbo a su taza. Sí. Estaba incómoda.

El idiota sacó la mano y me la ofreció primero. *Te odio.*

Yo tenía un brazo alrededor de Brynne y la otra mano ocupada con el café que me acababa de endosar. Tuve que soltarla para estrecharle la mano. Lo odiaba con su traje impecable, profesional, pulcro y, por lo que parecía, sobrado de pasta. Aparté la mano de la cintura de Brynne y acepté saludarle. Le di un apretón firme y traté de no pensar en mi terrible aspecto, que era como si me hubiese caído literalmente de la cama.

—Un placer —dijo Langley, sin sentirlo.

Le contesté con un breve gesto de cabeza. Era lo mejor que podía hacer y me importaba una mierda si estaba siendo maleducado o no. Él era un tío en el lugar equivocado en el momento equivocado para ser amigo mío. Lo odié nada más verlo.

Sus ojos me miraron con insistencia. Decidí que yo sería el primero que pusiera fin a ese apretón de manos. Parecía un concurso para ver quién aguantaba más.

Retiré la mano y apreté los labios contra el pelo de Brynne, pero mantuve mis ojos en él mientras hablaba.

—Me desperté y no estabas. —Volví a rodearla con el brazo.

Ella se rio nerviosa.

—Me apetecía una taza de café con chocolate blanco esta mañana.

—Aún necesitas tu café de la mañana, ya veo. Algunas cosas nunca cambian, ¿eh, Brynne? —Langley le sonrió con complicidad y en ese instante lo supe. Se la había follado. O lo había intentado con todas sus fuerzas. Tenían un pasado en común de algún tipo y yo solo podía ver el fuego que lanzaban mis ojos a consecuencia de los celos. Me cago en la puta, la de sentimientos violentos que me inundaron en aquellos segundos. Quería estamparle la cara contra el bordillo de un puñetazo, pero sobre todo necesitaba alejarla de él.

—Hora de irnos, nena —anuncié al tiempo que pegaba la mano en su espalda.

Brynne se puso tensa un instante pero luego cedió.

—Me ha alegrado mucho volver a verte, Paul. Cuídate.

—Tú también, reina. Tengo tu nuevo número y tú tienes el mío, así que ya sabes dónde encontrarme, ¿vale? —El cabrón me miró y no había duda del desafío de su mirada. Pensaba que yo era algún idiota y me estaba dejando caer que si Brynne necesitaba que la rescataran solo tenía que llamarle y el príncipe azul vendría a por ella.

A. Tomar. Por. Culo. Patético. Gilipollas.

Brynne asintió con la cabeza y le sonrió.

—Adiós, Paul.

Sí, vete a la mierda…, Paul.

Era evidente que Paul *el Sobón* no quería irse. Quería besarla o abrazarla y despedirse mostrando cierto afecto, pero tuvo la suficiente sensatez como para no intentarlo. No he dicho que fuese estúpido, solo mi enemigo.

—Te llamaré. Me tienes que contar todo lo del Mallerton —dijo, llevándose la mano a la oreja—. Adiós, reina. —Me echó una mirada y yo se la devolví. De verdad esperaba que me pudiese leer la mente, porque tenía un montón de cosas que quería decirle y que él realmente necesitaba escuchar.

¡Eres un cretino de mierda! Rotundamente NO *la vas a llamar para hablar del Mallerton.*

¡Tampoco la vas a mirar ni vas a pensar en ella! ¡¿Lo pillas?! Mi chica NO es tu «reina» ahora, ni lo será nunca en el futuro. Apártate de mi vista antes de que me vea obligado a hacer algo que me traerá un puto montón de problemas con MI chica.

Comenzamos a cruzar la calle y cuando ella abrió la boca mi corazón latía con fuerza y la ira me desbordaba.

—¿A qué demonios ha venido eso, Ethan? Has sido un completo maleducado.

—Sigue andando. Lo discutiremos en casa —alcancé a decir apretando los dientes mientras cruzábamos.

Me miró con cara rara, como si me hubiese salido una segunda cabeza, y se detuvo en la acera.

—Te he hecho una pregunta. No me hables como si fuera una niña que se ha metido en un lío.

—Sube al coche —dije con brusquedad mientras intentaba contenerme para no cogerla y sentarla en el asiento, lo cual estaba a punto de pasar aunque ella aún no lo supiera.

—Perdona, pero esto es una gilipollez. ¡Me vuelvo andando! —Se alejó de mí enfadada.

Quería explotar de lo cabreado que estaba. Le agarré la mano para que no se fuera.

—No, no te vuelves andando, Brynne. Sube al coche ahora mismo. Te llevo a casa —le hablé bajito y muy cerca de la cara, donde podía apreciar sus ojos furiosos fijos en los míos. Estaba tan imponente cuando se irritaba… Hacía que me dieran ganas de arrastrarla hasta la cama y hacerle cosas muy sucias durante un día y medio.

—Tú a mí no me das órdenes. ¿Por qué te comportas así?

Cerré los ojos y traté de ser paciente.

—No me estoy comportando de ninguna manera. —La gente nos estaba mirando. Lo más seguro es que también pudieran oír nuestra conversación. ¡Mierda!—. ¿Querrías *por favor* subir al coche, Brynne? —Forcé una falsa sonrisa.

—Te estás comportando como un gilipollas, Ethan. Aún tengo una vida. Salgo a correr por las mañanas y puedo parar en la cafetería si me da la gana.

—No, sin mí o Neil no puedes. ¡Ahora mete tu culito yanqui en el puto coche!

Se quedó mirándome un momento y negó con la cabeza, lanzándome una mirada asesina.

Levantó la barbilla con dignidad antes de meterse en el Range Rover golpeando el suelo con los pies. Ignoré su comportamiento, pensé que estaba siendo bastante magnánimo dadas las circunstancias. Le mandé un mensaje a Neil para decirle que la tenía y la hice esperar mientras lo enviaba. Estaba encerrada dentro del coche y no podía ir a ninguna parte, al menos por el momento.

La miré. Ella me miró. Estaba enfadada conmigo. Yo estaba más que enfurecido con ella.

—Ni se te ocurra hacer eso otra vez —le dije claramente.

—¿El qué? ¿Caminar? ¿Comprar un café? —Hizo un mohín y miró por la ventanilla. Su móvil se iluminó y sonó. Me miró mientras cogía la llamada—. Sí, estoy bien, Paul. Te pido disculpas por lo que ha sucedido, pero no te preocupes. Solo ha sido la típica pequeña riña de pareja. —Incluso me dedicó una sonrisa de superioridad mientras le decía a ese chupapollas engreído que yo tenía un mal día.

Quería arrancarle el móvil de las manos y tirarlo por la ventana, y probablemente lo habría hecho si ella no lo hubiese apagado y se lo hubiese guardado en el bolsillo.

—¡Sabes lo que quiero decir, Brynne, y no te burles de mí con él, joder!

—¡Me has avergonzado, Ethan! Paul cree que eres...

—Me importa una puta mierda lo que piense ese chupapollas. ¿Es algo tuyo?

—Es un buen tío y un amigo. —No me miró a los ojos cuando lo dijo y lo sabía. ¡Oh, joder si lo sabía!

—¿Dejaste que te follara, Brynne? ¿Conoce ese cuerpecito tuyo tan perfecto para el sexo? ¿Te ha tocado, te ha metido la polla? ¿Hummmm? De verdad quiero saberlo. Háblame de ti y del bueno de Paul.

—Ahora mismo eres un completo gilipollas. —Cruzó los brazos bajo el pecho y miró hacia delante a través del parabrisas—. No voy a contarte nada.

—¿¡Te lo follaste!?

Se movió en el asiento y me echó una mirada que hizo que me doliera todo.

—¿A quién te tiraste tú por última vez antes de interesarte por mí, Ethan? ¿Quién fue la afortunada? ¡Sé que no debió de pasar más de una semana antes de que nos liáramos por primera vez!

—Empezó a agitar las manos haciendo gestos—. ¡Lo dice el tío que cree que una semana sin sexo es mucho tiempo!

¡Mierda!

No era una idea agradable porque sabía que tenía razón. Odiaba admitirlo, pero no podía decirle el nombre de la última que había conseguido excitarme. ¿Pamela? ¿Penélope? Algo con P... Ivan lo sabría, él tenía una larga lista de *amigas* y nos presentó. Fruncí el ceño al darme cuenta de que no me acordaba y de que, quienquiera que fuese, no la había hecho a ella, o al polvo, más memorable que la inicial de su nombre.

Paul también empezaba por P, pensé. Aunque estaba bastante seguro de que nunca olvidaría ese nombre.

—¿Te está costando acordarte de su nombre? —preguntó Brynne.

Sí.

—¿De qué color tenía el pelo, eh?

Rubio rojizo natural. Hasta ahí llego.

—¿Pensabas follártela otra vez, Ethan, si no me hubieses conocido? —siguió mofándose.

No contesté. Arranqué el coche y me incorporé a la carretera; solo quería llegar a casa y tal vez volver adonde habíamos estado solo hacía unas horas. Odiaba discutir con ella.

—¿Por qué te has ido? —conseguí decir por fin—. ¿Después de lo de anoche vas y me dejas plantado esta mañana?

—No te he dejado plantado, Ethan. Me levanté, utilicé tu cinta de correr, me di una ducha y me apeteció un café. Vamos a esa cafetería todo el tiempo y sabía que estabas cansado de…, eh…, anoche.

Así que ella también estaba pensando en lo de anoche. Aún no sabía si eso era bueno para mí o no, pero esperaba que sí. Entré en el garaje de mi edificio y aparqué el todoterreno. Vi que seguía furiosa.

Por lo visto, Brynne no había terminado de echarme la bronca.

—Es algo que hago casi todas las mañanas. No estaba lloviendo y hacía un día perfecto para dar un pequeño paseo hasta la esquina. —Volvió a levantar las manos—. Había corrido en la cinta y me apetecía un café con chocolate blanco. ¿Tan malo es eso? No es que haya asaltado la Torre de Londres para mangar las joyas de la Corona o algo por el estilo.

Puse los ojos en blanco.

—Nena, ¿tienes idea de lo que ha sido para mí darme cuenta esta mañana de que no estabas? ¡Ni un mensaje, ni una nota, nada!

Echó la cabeza hacia atrás en el asiento y miró hacia arriba.

—¡Por el amor de Dios! ¡Te dejé una nota! Lo hice. La puse en mi almohada para que la vieses. Ponía: «Me voy a por café al Java. Vuelvo enseguida». Utilicé *tu* gimnasio y me pegué una ducha antes de irme. ¿No te dio eso una pista de lo que estaba haciendo? ¡No había nada raro, solo una mañana normal, Ethan!

El tipo de normalidad que no quiero encontrarme al despertar nunca más, ¡muchas gracias!

—¡No vi tu maldita nota! ¡Te llamé y me saltó el buzón de voz! ¿Por qué no lo cogiste si solo estabas en la cola de la cafetería? —Salí y abrí su puerta con fuerza. La quería en el apartamento en privado. Estas peleas en público eran una mierda.

Ella negó con la cabeza y salió del coche.

—Estaba hablando con mi tía Marie.

Golpeé el botón del ascensor.

—¿A esas horas de la mañana? —La hice pasar al ascensor y la apoyé en una esquina, enjaulándola con mis brazos, donde podía controlarla un poco más. En aquel momento ella era una bomba de relojería. El sonido de las puertas al cerrarse y la sensación de intimidad fue lo más grato que había percibido en los últimos minutos.

—La tía Marie es madrugadora y sabe que me levanto para correr por las mañanas. —Brynne me miró la boca, sus ojos se movían rápidamente mientras me leía. Yo deseaba saber lo que estaba pensando. Lo que había en su corazón. Me había acercado mucho a su cuerpo, pero no la tocaba. Solo quería asimilar el hecho de que la tenía de vuelta sana y salva.

—No vuelvas a hacer eso, Brynne. Lo digo en serio. Se acabó el marcharte tú sola.

Las puertas del ascensor se abrieron y ella se agachó para esquivarme y salir. La seguí por el pasillo y abrí la puerta principal de mi apartamento. En cuanto estuvimos dentro me echó una buena bronca. Sus ojos se enardecieron y se avivaron. Estaba muy, muy cabreada, y tan preciosa que me puso duro como el acero.

—¿Así que ni siquiera puedo bajar al Java a por un café? —preguntó.

—No es eso exactamente. ¡No puedes ir sola, y sobre todo sin decírselo a nadie! —Negué con la cabeza, exasperado por lo que había hecho, tiré las llaves y me froté el pelo—. ¿Por qué es tan difícil de comprender, joder?

Se quedó mirándome de una manera extraña, como si estuviese intentando entenderme.

—¿Por qué estás tan enfadado, Ethan? Ir a por un café a plena luz del día rodeada de gente no puede haber sido tan arriesgado. —Cruzó los brazos bajo el pecho otra vez.

—¡Por lo que podía saber, habías vuelto a romper conmigo y te habías ido a tu casa! —*A veces la verdad duele. ¿Había dicho eso en voz alta?*

—Ethan, yo no haría eso así sin más. —Me miró enfurecida—. ¿Por qué ibas a pensar que haría eso?

—¡Porque ya lo has hecho antes! —grité. *Ahí estaba esa maldita verdad otra vez, abriéndose paso y aprovechándose de mis inseguridades.*

—¡Que te jodan! —dijo entre dientes mientras se daba la vuelta a toda prisa y huía al dormitorio, dando un portazo al entrar.

Me cago en la leche, cuánta falta le hacía un buen polvo. Se me ocurrieron algunas cosas que la harían callar. Sería de esperar que después de lo de anoche se hubiese despertado tranquila y dócil como un gatito adormilado. No tuve esa suerte. Tenía entre manos a un gato salvaje y cabreado.

Me di cuenta de que me había dejado el café que me había comprado en el posavasos de mi coche. Que le den al maldito café, necesitaba una botella de Van Gogh y como una docena de cigarrillos.

También necesitaba una ducha y dejarle unas cuantas cosas claras a mi chica, que cada vez me desesperaba más. Dios, era muy difícil cuando se ponía así, por lo que primero me daría una ducha y luego quizá podría sentarme con ella y hacer un intento de razonamiento lógico. Di la vuelta para entrar en el baño en lugar de ir a través del dormitorio porque me imaginé que se estaría cambiando para irse a trabajar y pensé que apreciaría algo de intimidad teniendo en cuenta que me acababa de mandar a la mierda. Me deshice de los zapatos y la camiseta y entré.

Entonces tuve que recoger mis globos oculares del suelo porque se me habían salido de las órbitas y estaban rodando frente a mí. Brynne se hallaba allí medio desnuda con una lencería realmente sexy, maquillándose, o peinándose, o yo qué sé.

Se giró y me echó una mirada que dejó claro lo enfadada que estaba todavía.

—He encontrado la nota que te dejé. —Cogió un trozo de papel del tocador—. Estaba *debajo* de las sábanas, donde tú la has metido. —Sonrió con superioridad, dejó caer el papel y luego se volvió a girar hacia el espejo, enseñándome su precioso trasero con unas sensuales bragas de encaje negro que me hicieron estar seguro de que mis nervios ópticos habían salido disparados.

Pensé en su culo y en lo de anoche. En lo que habíamos hecho y en lo que no habíamos hecho...

Sus ojos pillaron a los míos en el espejo justo antes de bajar la mirada, y su cara y su cuello se pusieron rojos, hasta llegar a la altura de sus pechos, ocultos bajo ese sujetador de encaje negro que tan celoso me ponía.

Esa es mi chica.

Ella también se estaba acordando. Algunas cosas entre nosotros podían ir fatal ahora mismo, pero el apartado del sexo lo teníamos controlado.

—Todavía tenemos mucho que discutir sobre cómo funciona la seguridad en lo que a ti respecta. —Di un paso detrás de ella, llevé la mano a su pelo y agarré un mechón. Inhaló profundamente y me miró furiosa a los ojos en el espejo—. Y te has metido en un buen lío. —Le incliné la cabeza a un lado y le descubrí el cuello para poder hacerme con él.

—Ahhhh. —Empezó a respirar más fuerte—. ¿Qué estás haciendo?

Bajé a su cuello y arrastré los labios por esa esbelta curva, dándole mordisquitos. Mordí lo justo para que emitiera algunos sonidos. Olía tan bien que el aroma me intoxicó hasta tal punto que no iba a poder mantener el control por mucho tiempo.

—Yo no. Tú vas a ser la que me lo diga. Tú me vas a decir qué hacer, nena. ¿Qué te hago primero? —Dejé una mano posada en su cabello y le puse la otra en su vientre plano y la deslicé, apretando fuerte mientras bajaba por el interior del fino encaje. Ella se retorció pero la sostuve con firmeza y mi dedo corazón avanzó justo entre sus pliegues y sobre su clítoris—. ¿Te gusta? —Moví el dedo una y otra vez, lubricándola, poniéndola a tono y mojada para mí, pero sin penetrar. Tendría que currárselo.

—Oh, Dios —gimió.

Le tiré un poco del pelo.

—Respuesta incorrecta, preciosa mía. Aún no me has dicho qué debo hacerte. Ahora dime: «Ethan, quiero que…». —Aparté la mano de entre sus piernas y me llevé a la boca el dedo que había estado deslizándose por su sexo. Lo chupé hasta dejarlo limpio con mucha maestría—. Mmmmm, como miel de especias. —Volví a mordisquearle el cuello.

Se mostraba frustrada y excitada y necesitada, y yo estaba disfrutando al castigarla por lo que había hecho. Se inclinó hacia mí y restregó las nalgas contra mi verga. Retiré las caderas y me reí en voz baja por el sonido de sus protestas cuando lo hice.

—Ethan…

Chasqueé la lengua en su cuello y le volví a tirar del pelo.

—Hoy estás muy desobediente. Aún estoy esperando, nena. Dime lo que quieres de mí. —Le puse la mano que tenía libre en el culo y le agarré la nalga con fuerza—. Tú has empezado este jueguecito y lo sabes de sobra, así que dime lo que quieres que te haga. —Jadeó cuando le metí los dedos e intentó restregarse otra vez contra mi pene—. No, no lo vas a conseguir hasta que me lo pidas de buenas maneras. —Eché la mano hacia atrás y se la coloqué en el culo dándole un azote. Ella gritó y se puso tensa de puntillas, arqueándose como la preciosa diosa que era.

—Ethan, quiero que... —Se ablandó y trató de girar la cabeza contra mi pecho.

—Mmmmm, así que te gusta que te den azotes en tu precioso culo, ¿no? ¿Te doy otra vez? —Le susurré justo en la oreja—. Te lo merecías, nena. Sabes que te lo merecías, y aún no has hecho lo que te he pedido, eres muy mala. Dime lo que voy a hacerte contra el lavabo.

Soltó un grito precioso y sumiso que hizo que se me acelerara el corazón y que mi polla estuviese a punto de explotar.

—¡Dímelo! —Le di otro azote en el culo y aguanté la respiración mientras esperaba su respuesta.

—¡Ahhh! —Se elevó formando un elegante arco y abrió la boca para emitir un grito ahogado. Sabía que había ganado, sabía que me lo diría y nunca había sentido nada igual cuando dijo las palabras mágicas—: ¡Ethan, me vas a follar contra el lavabo!

—Inclínate y apóyate en el borde. —Le ordené, mientras me apartaba de ella para esperar a que me obedeciera.

Temblaba un poco pero se puso en la posición tal como le dije, y parecía tan excitada que resultaba casi imposible hacerme a la idea de esta locura en la que estábamos inmersos, pero, joder, era demasiado bueno para parar.

Metí los dedos por debajo del elástico de ese pequeño trozo de encaje negro y lo hice trizas, abriéndole las piernas mientras ella se lo quitaba. Podía oler su excitación, sus ganas de mí, de lo que solo yo podía darle. Tiré de la cinturilla de mis pantalones de chándal y me saqué la polla con la mano. La deslicé por su hendidura mojada y le froté el clítoris, pero todavía sin penetración.

—¿Es esto lo que querías, amor mío?

Brynne movió su sexo sobre la punta de mi verga e intentó hundirse hasta el final. Le di puntos por el esfuerzo, pero yo era el que estaba al mando y aún necesitaba algo más de ella. Mi chica tenía un poco más de trabajo que hacer antes de conseguir su recompensa.

Volví a su cabello y agarré otro mechón, mientras le estiraba el cuello hacia atrás con elegancia.

—Responde a mi pregunta, nena —dije bajito. Su preciosa garganta se movía al tragar mientras nos mirábamos el uno al otro en el espejo. Tirarle del pelo era algo que le gustaba. Nunca tiré tan fuerte como para hacerle daño, solo para maniobrar con su cuerpo y tener el control durante el sexo. La volvía loca, y si no se excitaba con eso nunca lo haría. Lo importante era satisfacer a mi chica.

—Sí, quiero tu polla, Ethan. ¡Quiero que me folles y que hagas que me corra! ¡Por favor! —Estaba temblando contra mi cuerpo, a punto de estallar de la excitación.

Me reí y le lamí el cuello, que estaba estirado para mí.

—Buena chica. ¿Y cuál es la verdad, nena? —Le froté el clítoris un poco más y esperé, disfrutando del sabor de su piel y del olor a excitación que desprendía.

—La verdad es… ¡que soy tuya, Ethan! ¡Ahora, por favor! —suplicó, y mi corazón casi explota al escuchar esas palabras.

Perfección absoluta.

—Sí que lo eres, y es mi intención, nena. Me complace complacerte. —Coloqué la punta y la embestí lo más profundo que pude. Los dos soltamos un grito cuando nuestros cuerpos se fundieron en uno.

Sostuve su sedoso cabello mientras me la follaba para poder ver sus preciosos ojos a través del espejo. Así soy. No sé por qué, pero con Brynne necesito sus ojos cuando follamos. Quiero mirarlos y ver cada sensación, cada embestida y movimiento de nuestros sexos al unirse, llevándonos hacia el clímax, hasta que nos perdemos en una sensación que solo podemos experimentar cuando estamos el uno con el otro.

Hay una verdad en mirar a los ojos a tu amante cuando te corres, y sumergirme en los ojos de Brynne cuando eso tenía lugar me proporcionaba una conexión tan poderosa, me unía a ella de una forma que significaba que lo nuestro era serio y verdadero. De hecho, la intensidad de lo que había entre nosotros me daba miedo. Me hacía extremadamente vulnerable, pero ahora era demasiado tarde. Ya había sucumbido.

Sus músculos internos se contrajeron durante el orgasmo, al tiempo que gritaba mi nombre y se estremecía. Continué moviéndome con fuerza en sus profundidades, sintiendo cómo su sexo se aferraba a mí mientras la ahondaba con mi verga. Me gustaba tanto sentirla convulsionarse en mí que hacía que me ardieran los ojos.

El cuerpo de Brynne estaba hecho para el acto sexual, pero lo que importaba era ella. Era *ella* a quien quería. En los segundos justo antes de que yo alcanzara el orgasmo, embestí dentro de ella lo más profundo que pude y llevé los dientes a su hombro. Ella gritó y yo escuché su gemido, pero no sabía si era de dolor o de placer. No era mi intención hacerle daño, pero estaba a punto de perder la cabeza en ese instante, solo quería aferrarme a ella, tenerla conmigo, llenarla con mi esencia, hacerla mía.

Mientras el líquido se derramaba dentro de ella, le dije otra vez:

—Te... quiero...

La miré a los ojos en el espejo cuando lo dije.

No íbamos a llegar al trabajo a tiempo ni por asomo. No importaba. Algunas cosas eran más importantes. Los dos estábamos agotados por el sexo y apenas podíamos mantenernos en pie después, así que la cogí y la metí en la ducha conmigo. Le lavé todo el cuerpo y dejé que me lavara. No hablamos. Solo nos miramos y nos tocamos y nos besamos pensativos. Después de la ducha la envolví en una toalla y la llevé de vuelta a la cama; solo entonces, con ella estirada junto a mí toda suave y serena, hablamos sobre algunas cosas.

—No es seguro que salgas sola. Ya no puedes hacerlo. No sabemos lo que está pasando y no te voy a poner en peligro —hablé en voz baja pero con firmeza, no iba a cambiar de opinión sobre este tema y lo tenía que decir—. Punto y final.

—¿De verdad? ¿Tan grave es? —Parecía sorprendida, y a continuación esa mirada temerosa que ya había visto antes apareció en su cara.

—No se sabe lo que está pasando en el bando de Oakley o en el de su oponente. Tenemos que suponer que Oakley te tiene vigilada, Brynne. Sabe dónde has estado estos años, dónde trabajas, dónde vives y probablemente también quiénes son tus amigos. Necesito hablar con Gabrielle y Clarkson pronto. Deben saber qué hacer en el caso de que se pongan en contacto con ellos por su relación contigo. Tus amigos lo saben todo, ¿verdad?

Ella asintió con la cabeza con tristeza.

—Es que no entiendo por qué alguien querría hacerme daño. Yo no he hecho nada, y desde luego que no quiero sacar a la luz el pasado. ¡Solo deseo olvidar lo que pasó! ¿Yo qué culpa tengo?

La besé en la frente y le acaricié la barbilla con el pulgar.

—Nada de esto es culpa tuya. Solo vamos a tener cuidado. Mucho, mucho cuidado —dije mientras la besaba en los labios tres veces seguidas.

—No quiero nada del senador Oakley —susurró.

—Eso es porque no eres una oportunista. La mayoría de la gente se aprovecharía de su dinero para guardar silencio. Tú no has hecho eso y están atentos por si lo haces. Y estoy seguro de que están vigilando para ver si los enemigos de Oakley intentan localizarte. Y, con sinceridad, sus enemigos políticos son los que más me preocupan. El vídeo y el hecho de que Oakley sepa de su existencia lo convierten en culpable, en resumidas cuentas. Su hijo y sus amigos eran mayores de edad y cometieron un delito, y él lo tapó.

Para los oponentes de Oakley esta información sería un tesoro político. Por no hablar de una noticia realmente sórdida que vendería muchísimos periódicos.

—Oh, Dios… —Se dio la vuelta y se puso boca arriba, tapándose los ojos con el brazo.

—Pero oye. —Tiré de ella para que me mirase—. No va a pasar nada, ¿vale? Voy a asegurarme de que te dejan en paz por muchas razones. La primera, porque es mi trabajo, y la segunda, porque eres mi chica. —Le sujeté la cara y me acerqué a ella—. Eso no ha cambiado para ti, ¿verdad? —No quería soltarla porque necesitaba una confirmación. Tenía que saberlo—. Lo de anoche fue… jodido…

—Mis sentimientos no han cambiado —me interrumpió—, sigo siendo tu chica, Ethan. Lo de anoche no ha cambiado nada. Tienes tu lado oscuro y yo tengo el mío. Lo entiendo.

La tapé con la colcha y la besé despacio y con cuidado, haciéndole saber lo mucho que necesitaba escuchar esas palabras. Aun así, quería más de ella. Siempre más. ¿Cómo era posible que nunca tuviera suficiente cuando era tan dulce y hermosa y encantadora?

—Siento lo de esta mañana —dijo, y trazó mi labio inferior con el dedo—. Te prometí que nunca te volvería a abandonar así, y lo decía en serio. También me entristece que pensaras que soy capaz de hacerlo. Me asusté cuando te despertaste de tu pesadilla, Ethan. Odio verte sufrir así.

Le besé el dedo.

—Mi parte egoísta se alegró de que estuvieras aquí. Verte fue un gran alivio, ni siquiera puedo expresar lo que sentí cuando te vi a salvo a mi lado. Pero la otra parte de mí odia que fueses testigo de mi pesadilla. —Negué con la cabeza—. *Odio* que me hayas visto así, Brynne.

—Tú me has visto después de una pesadilla y eso no ha cambiado tus sentimientos —dijo ella.

—No.

—Entonces ¿por qué iba a ser diferente para mí, Ethan? Además, tú no quieres compartirlo conmigo…, no te abres a mí. —Sonaba dolida otra vez.

—No, no sé…, lo intentaré, ¿vale? No he hablado con nadie de lo que me pasó. No sé si puedo… y no sé si quiero someterte a que conozcas ese lado tan oscuro. No quiero que entres en ese lugar, Brynne.

—Oh, cariño. —Me pasó los dedos por la sien y me miró a los ojos—. Pero yo iría ahí por ti. —Me examinó—. Quiero ser lo suficientemente importante como para que me cuentes tus secretos, y tú también me tienes que dejar. Sé escuchar. ¿Qué era ese sueño?

Quería intentar ser normal, pero no sabía si podía. Supongo que era algo a lo que iba a tener que enfrentarme si quería conservarla. Brynne era testaruda y una parte de mí sabía que no lo dejaría estar aunque dijera que no quería hablar de ello.

—Eres muy importante para mí, Brynne. Tú eres lo único que importa.

Tracé la línea del nacimiento de su cabello con el dedo y la besé otra vez, adentrándome con la lengua, saboreando su dulce sabor y disfrutando de su suave respuesta. Pero el beso tenía que terminar en algún momento y ahí estaba todavía el monstruo al que me tenía que enfrentar.

Me armé de valor de alguna forma, respiré hondo, me aparté y me puse boca arriba mirando al tragaluz. El día se había vuelto tan gris como mi estado de ánimo y parecía que la lluvia era inminente. Justo en sintonía con cómo tenía la cabeza, en una nebulosa. Brynne se quedó de lado, a la espera de que yo dijese algo.

—Siento lo de anoche y cómo me porté contigo después. Fui muy autoritario y me pasé de la raya —hablé más bajito—. ¿Me perdonas?

—Claro que sí, Ethan. Pero quiero entender por qué. —Extendió la mano y la dejó apoyada sobre mi corazón.

—Esa pesadilla se remontaba a un tiempo en el que estuve en las Fuerzas Especiales. A mi equipo le tendieron una emboscada, mataron a la mayoría de ellos. Yo era el oficial superior y se me encasquilló el arma. Me apresaron... Los afganos me estuvieron interrogando durante veintidós días.

Ella inhaló con brusquedad.

—¿Es así como te hiciste las cicatrices de la espalda? ¿Te lo hicieron ellos? —habló en voz baja pero pude percibir la preocupación en sus palabras.

—Sí. Me destrozaron la espalda a base de palizas con cuerdas... y otras cosas.

Me agarró un poco más fuerte y tragué saliva, al tiempo que sentía cómo aumentaba la ansiedad. Sin embargo continué, me sentía mal por no decirle la verdad pero no era capaz de explicarle que mis peores cicatrices no eran las de la espalda.

—Soñé con algo que…, que pasó…, y fue una vez en que pensé que iba a… —paré. Me costaba tanto respirar que no fui capaz de decir nada más. No podía sacar el tema. No con ella.

—El corazón te late con mucha fuerza. —Llevó los labios sobre ese músculo que bombeaba mi sangre y lo besó. Le puse la palma de la mano en la nuca y la mantuve ahí, mientras le acariciaba el pelo una y otra vez—. No pasa nada, Ethan, no tienes que decir nada más hasta que sientas que puedes hacerlo. Yo estaré ahí. —Su voz tenía ese tono entristecido otra vez—. No quiero que sufras más por mi culpa.

Le acaricié la mejilla con el dorso del dedo.

—¿Eres de verdad? —susurré. Sus ojos brillaron y asintió con la cabeza—. Cuando me desperté esta mañana y no estabas, pensé que a lo mejor me habías dejado por lo de anoche y perdí la cabeza. Brynne…, ahora no puedo estar sin ti. Lo sabes, ¿verdad? No puedo hacerlo. —Le acaricié la rojez de su hombro, consecuencia del mordisco que le había pegado cuando estaba en mitad de ese orgasmo volcánico en el lavabo—. Te he dejado marcada. Siento esto también. —Pasé la lengua por la rojez.

Ella tembló contra mi boca.

—Escucha. —Me cogió la cara—. Te quiero, y quiero estar contigo. Sé que no lo digo todo el tiempo, pero eso no significa que lo sienta menos. Ethan, si no quisiera estar contigo, o no pudiera estar contigo, no estaría…, y tú lo sabrías.

Exhalé tan aliviado que tardé un minuto en recuperar la voz.

—Dilo otra vez.

—Te quiero, Ethan Blackstone.

Capítulo
10

Almuerzo en Gladstone's e Ivan llegaba tarde. No sé para qué me molesto en intentar ser puntual con mi primo cuando él desde luego no lo es. Miré el reloj y eché una ojeada alrededor de la sala. Este lugar que en el siglo pasado fue un club de caballeros había resucitado con mantelerías blancas, mucho cristal y maderas claras, y ya no se parecía nada al enclave social exclusivo para hombres destinado a los londinenses privilegiados de hace cien años.

Bueno, Ivan habría encajado allí a la perfección. Mi primo era un lord de la realeza, aunque odiara que se lo recordaran y desde luego no actuara como tal. Ninguno de nosotros podía evitar haber nacido de una manera determinada e Ivan no podía controlar que su padre hubiese sido el anterior barón de Rothvale, igual que yo no podía cambiar el hecho de que mi padre condujese un taxi londinense. De todas formas, nos unían cosas mucho más importantes que el dinero.

¿A quién intentaba engañar? Ivan podía tirarse de un puente si quería, yo tenía frente a mí en la mesa a dos mujeres preciosas y felices, mi chica y su mejor amiga.

—Señoritas, parece que las compras os han sentado muy bien. —Les serví a las dos de la botella de Riesling que había pedido.

Brynne y Gabrielle sonrieron de oreja a oreja y se miraron con complicidad; obviamente compartían secretos femeninos que yo solo podría intentar adivinar. Habían salido a comprarse un vestido cuando recibí un mensaje de Brynne en el que me preguntaba qué iba a hacer para almorzar. Como solo se encontraban a unas cuantas manzanas de Gladstone's, les dije que se unieran a mi almuerzo con Ivan. Quería presentárselo a Brynne de todas formas, ya que esperaba que con su influencia pudiese interceder por ella en la Galería Nacional. Qué demonios, no soy lo bastante orgulloso para pedir un favor. Además, para él no era un problema. El tío estaba en la junta de uno de los museos de arte más prestigiosos del mundo y no le podría importar menos aunque quisiera. De hecho, estoy seguro de que Ivan dimitiría si pudiera hacerlo.

—Pues sí, Ethan. Brynne se ha comprado un vestido *vintage* fabuloso para la Gala Mallerton. Ya lo verás —me advirtió Gabrielle.

Hice una mueca.

—Entonces me estás diciendo que estará aún más guapa que de costumbre. —Observé a Brynne y vi cómo se ruborizaba y luego volví a mirar a Gabrielle—. Justo lo que necesito, más admiradores que la persigan. Pensaba que podía confiar en ti, Gabrielle, para que me ayudaras un poquito —imploré—. ¿Por qué no la has llevado a algún sitio donde vendan albornoces feos? —Mis palabras eran en broma pero en el fondo lo decía muy en serio. Odiaba cuando los hombres miraban a Brynne como si estuviesen imaginándosela desnuda.

Gabrielle se encogió de hombros.

—La tía Marie nos habló de la tienda. A esa mujer se le da muy bien todo lo único y lo raro. El local es una auténtica joya *vintage*, escondido en un tranquilo rincón de Knightsbridge. Estoy

segura de que volveré. —Me dedicó una sonrisita de satisfacción—. De todas formas, a ti te hace
falta competencia, Ethan, te vendrá bien. —Dio
un sorbo a su vino y dirigió su atención hacia los
mensajes del móvil.

—No es cierto. Bastante mal lo estoy pasando ya, ¡muchas gracias! —Le cogí la mano a Brynne y la besé—. Me alegro de que hayas venido a
comer.

Ella solo me sonrió, sin decir nada, de esa
forma suya tan misteriosa. Deseé que estuviésemos solos.

Por lo que se veía, Gabrielle era su amiga del
alma, y protegía a Brynne por encima de todo.
Nuestro entendimiento funcionaba siempre y
cuando ella me viese como un amigo y no como
un enemigo, y hasta ahora había pasado la prueba.
También resultaba guapa a su manera, pero no era
mi tipo de mujer. Su pelo largo castaño, con lige-
ros destellos de un rojo oscuro, combinado con
unos ojos muy verdes, era impresionante. También poseía una bonita figura y aunque no fuese
mi tipo tenía ojos en la cara y no estaba muerto.

El color de sus ojos me recordaba a los de
Ivan. El mismo verde. Me preguntaba qué pen-

saría de ella cuando la viera, con lo mujeriego que era. Apuesto a que le gustaría mucho. Tuve que aguantarme la risa. Gabrielle seguramente le mandaría al carajo y él se relamería y le pediría que lo acompañara sin inmutarse. Sería la monda, si es que se dignaba a aparecer.

La compañera de piso de Brynne era otra americana que vivía en Londres, estudiaba arte en la universidad y se abría camino... lejos de casa. Aunque su padre era ciudadano británico. Policía Metropolitana de Londres, un tal Robert Hargreave, inspector jefe de la Nueva Scotland Yard. Lo había buscado, y todo indicaba que se trataba de un detective formal y respetado en las fuerzas de seguridad. Suponía que debía organizar una reunión con él en algún momento. Aunque las cosas habían estado muy tranquilas en lo que respectaba al senador Oakley. El que no hubiese noticias era una buena noticia..., o eso esperaba.

—¿De qué color es el increíble vestido que me volverá loco de celos cuando los hombres babeen al verte con él? —le pregunté a Brynne.

—Es violeta. —Sonrió otra vez—. Quedamos allí con la tía Marie y nos lo pasamos muy bien con ella. Realmente tiene muy buen ojo para la moda.

—Deberíais haberla traído a almorzar con vosotras.

—Me habría encantado que viniera con nosotras, pero se tenía que ir a un almuerzo de mujeres de su club de lectura. Me pidió que te dijese lo mucho que desea conocerte. —Brynne se ruborizó otra vez, como si la idea de que nuestra gente se conociese le diera vergüenza.

Había en ella una timidez encantadora en público que no mantenía en el dormitorio conmigo. No. Mi chica no era tímida conmigo, y *todo* iba bien. Pensé en cuántas horas quedaban hasta esa noche, cuando podría volver a tenerla en mi habitación y ella me podría enseñar un poco más de su lado no tímido.

Habíamos estado arrasando las sábanas últimamente…, y las paredes de la ducha…, la mesa de mi despacho…, la alfombra frente a la chimenea…, la tumbona de la terraza, e incluso el gimnasio. Me moví en la silla y recordé aquel *entrenamiento* matinal con mucho cariño. No sabía lo divertido que podía ser un banco de pesas con Brynne desnuda y deslizándose arriba y abajo de mi…

—Te encantará Marie, Ethan —dijo Gabrielle distraída mientras seguía leyendo sus mensajes e interrumpiendo mis pensamientos eróticos.
Necesitaba recolocarme el paquete, pero en vez
de eso forcé una sonrisa para ellas dos.

Aún tenía que conocer a la adorada tía Marie,
pero eso iba a tener lugar muy pronto. Habíamos
decidido que era hora de presentar a las fami-
lias en una cena en mi casa. Mi padre, la tía de
Brynne, Gabrielle, Clarkson, Neil y Elaina com-
ponían la corta lista. Lo habíamos hablado y creía-
mos que ya era hora de compartir con todos ellos
lo que nos estaba sucediendo y las posibles amenazas hacia Brynne. Todos eran muy importantes
y necesitaban saber lo que había en juego. Brynne
era demasiado importante para arriesgarme a estas
alturas, y todos los involucrados ya conocían su
pasado de todas formas.

—Bueno, estoy deseando conocerla. Parece que tiene predilección por ti. —Volví a mirar
el reloj—. No me puedo creer lo que ha hecho
Ivan, mira que no presentarse... Qué maleducado.

—¿Por qué no lo llamas? —sugirió de pronto Brynne.

—Eso sería una pérdida de tiempo. Nunca contesta al móvil. Dudo que ni siquiera encienda el maldito aparato —contesté fríamente.

—¡Oh, mierda! —Gabrielle levantó la vista de sus mensajes—. Voy a tener que irme a la universidad. Problemas con un cuadro. Ha habido un accidente y un disolvente ha caído encima de uno de los raros, no te lo pierdas, Brynne, de Abigail Wainwright. —Gabrielle parecía estar absolutamente horrorizada y se levantó de manera brusca mientras cogía sus bolsas—. No es una buena combinación.

—No, para nada —convino Brynne mientras negaba con la cabeza—, el disolvente corroerá el lienzo si no lo neutralizan…

Intenté seguir el ritmo de los tecnicismos de arte de los que hablaban pero no era fácil para mí. Creo que de artístico no tengo nada. Aunque sé apreciarlo. En mi opinión el retrato de Brynne era el arquetipo de arte.

—¿Quieres ir en coche? Neil puede llevarte si quieres —le ofrecí.

—No, da igual. Cogeré un taxi, será más rápido. Tengo que irme ya, pero gracias. Nos vemos mañana por la noche en tu casa, Ethan. Disfrutad del almuerzo los dos.

—Ya me contarás cómo queda —le dijo Brynne—. ¡Si alguien puede arreglar el estropicio eres tú, Gaby!

Gabrielle abrazó a Brynne, dijo adiós con la mano, se marchó y su figura alta y voluptuosa atrajo muchas miradas masculinas mientras salía de Gladstone's.

Le sonreí a Brynne y le cogí las manos.

—Así que te tengo para mí solo en el almuerzo después de todo. —El resto lo susurré—: Qué pena que estemos en público.

—Lo sé. Nunca podemos hacer esto. —Me apretó las manos un poquito—. Estás teniendo tanto trabajo últimamente…, y no quiero ni imaginarme cómo será durante las Olimpiadas. Dios, es descomunal, Ethan. Toda esa gente… —Sonrió de oreja a oreja—. ¡Guillermo y Kate!

Asentí con la cabeza.

—Estarán allí para los Juegos. El príncipe Harry también. Es muy divertido.

—¿Lo conoces? —preguntó con incredulidad.

Volví a asentir.

—Puedo intentar presentártelo si quieres…, a no ser que te gusten los príncipes pelirrojos.

—Nunca —me dijo con ojos seductores—. Yo tengo debilidad por los tíos que trabajan en seguridad con el pelo oscuro.

¿Quién había encendido los altos hornos? Incluso miré alrededor buscando una salida. Si había una puerta con el cartel de «privado», juro que tendría a Brynne tras ella y desnuda en dos segundos exactos.

—Es usted muy cruel, señorita Bennett.

Parecía satisfecha consigo misma sentada ahí frente a mí en el restaurante. Tan satisfecha, de hecho, que me hizo pensar con cariño en los azotes que le di contra el lavabo. Dios, qué sexy estaba, inclinada y apoyada y haciéndome perder la cabeza...

—Volviendo a tu trabajo. ¡Vas a llevar la seguridad VIP de las malditas Olimpiadas, Ethan! —Su entusiasmo me sacó de mis pensamientos. Lo que era de agradecer en ese instante.

—Bueno, no me quejo, es bueno para el negocio, pero podría pasar sin el estrés. Solo quiero que no haya problemas. Sin complots ni locos con intereses personales en sus causas de mierda, sin bombas, ni escándalos, y entonces podré respirar tranquilo. Los clientes contentos y seguros y yo estaré satisfecho. —Alcancé mi vino—. Vamos a pedir, no creo que Ivan vaya a aparecer…, ¡siempre tarde para todo! —refunfuñé mientras abría la carta.

Brynne me dijo lo que quería por si aparecía el camarero y se fue al servicio. La observé mientras se alejaba, y las miradas que atraía de los demás también. Suspiré. Por muy discreta que fuese, aún tenía algo que hacía que a la gente le llamara la atención. Algo sin lo que yo podría vivir, eso seguro, pero entendía que era parte del trato con ella. Los hombres siempre la mirarían. *Y la desearían. Y tratarían de llevársela.*

Mi trabajo estaba siendo una auténtica locura, y cuanto más atareado me encontraba, más me concentraba en los asuntos que me ocupaban y menos atento estaba de su seguridad. Las últimas dos semanas habían sido muy buenas para Brynne y para mí, y para nuestra relación, pero no exentas de preocupaciones. Las preocupaciones nunca desaparecerían. Llevaba el tiempo suficiente en el negocio de la seguridad como para saber que cuando las cosas parecen estar más en orden no es el momento de bajar la guardia. Ella todavía era muy vulnerable y la idea me preocupaba sobremanera.

—Lo siento, E. Perdí la noción del tiempo y esas cosas —interrumpió Ivan, y se dejó caer frente a mí.

—Muy amable por tu parte aparecer. Cuando fuiste *tú* el que quiso quedar, debo añadir. Y no te sientes ahí, Brynne ha venido conmigo. —Señalé la silla de al lado—. Volverá en un momento.

Ivan se cambió a la otra silla.

—Se me presentó una cosa y me distrajeron.

—Sí —resoplé—. Tu polla se distrajo. ¿Con quién estabas en la cama esta vez?

—Vete a la mierda, no ha sido eso. Los malditos reporteros me persiguen… Oye, necesito algo más fuerte que eso. —Miró el vino de arriba abajo y le hizo un gesto al camarero con una expresión donde se vislumbraba un atisbo de dolor, pero enseguida lo escondió y lo alejó de los ojos entrometidos de la gente.

Lo dejé estar. Mi primo tenía sus fallos pero todo el mundo los tiene. Tampoco significaba que se mereciese lo que le había tocado. Sí, Ivan estaba igual de jodido que el resto de nosotros.

Brynne volvió a la mesa un poco después con una expresión indescifrable, pero si tuviera que adivinar diría que tenía algo en la cabeza. Me preguntaba qué era.

Me levanté y fui a cogerle la mano, dándole una patada a la pata de la silla de Ivan para ayudarle a que levantara el culo. Él saltó y puso los ojos como platos cuando la vio. Deseé haberle dado una patada en la pierna en vez de en la silla.

—Brynne, mi primo, Ivan Everly. Ivan, Brynne Bennett, mi preciosa, y debería añadir, *no disponible*, novia.

—*Enchanté*, Brynne. —Le dio la mano y le ofreció un beso que apenas se podría describir como neutral a mi modo de ver, pero ¿de verdad esperaba otra cosa de él?

Estúpida pregunta retórica.

Ella sonrió preciosa como siempre y saludó a Ivan educadamente mientras yo la ayudaba a sentarse, y a continuación me senté yo. Ivan se quedó allí de pie como un imbécil.

—Ya te puedes sentar, primo. Y vuelve a meterte la lengua en la boca —dije.

—Bueno, Brynne, pensaba preguntarte cómo te las arreglaste para enganchar a Ethan, pero ahora que por fin te he conocido, creo que la pregunta es para él. —Se dirigió a mí haciendo un numerito—. ¿Cómo diablos has capturado a una criatura tan exquisita como esta, E? Es decir, ¡mírala! ¿Y tú? Bueno, tú eres tan aburrido y gruñón todo el tiempo... —Volvió a centrarse en Brynne—. Querida, ¿qué ves en él? —Puso cara de falso interés y apoyó la barbilla en la mano.

—¡Dios, qué idiota eres, Ivan!

Brynne se rio e hizo un comentario sobre el empeño que había puesto en conseguir una cita con ella.

—Fue muy perseverante, Ivan. Ethan nunca se rindió conmigo, y al final fui a esa cita. —Dio un sorbo al vino y me guiñó el ojo—. Vosotros dos sois muy diferentes. ¿Habéis estado siempre tan unidos? —preguntó Brynne.

—Sí. —Los dos contestamos al mismo tiempo. Ivan y yo nos miramos a los ojos y nos entendimos al instante, pero volvimos a la normalidad al segundo siguiente. Esa conversación era para otro momento. Ahora estábamos socializando.

—¡Tan unidos que casi le mato! —Le sonreí a Brynne con superioridad—. No, en serio, le dejo vivir y tolero sus incordios, que son muchos, y a Ivan no le queda más remedio que estarme agradecido, ¿verdad, Ivan?

—Supongo…, es mejor que quererme muerto —contestó.

Brynne se rio.

—¿Quién te quiere muerto, Ivan?

—¡Mucha gente! —Ivan y yo volvimos a hablar al mismo tiempo.

Los dos nos reímos de lo perpleja que estaba Brynne y entonces el camarero apareció para hacer su trabajo, de modo que transcurrieron unos minutos hasta que pude explicarle lo ecléctico que era mi primo.

—Hummmm, ¿por dónde empiezo? —Hice una pausa para darle efecto—. Nuestras madres eran hermanas y hemos estado cerca el uno del otro desde… siempre. Aunque sin los lazos de sangre dudo que nos hubiésemos conocido nunca. Ivan es famoso, ya sabes. Porque es de la aristocracia y porque es una estrella de la Federación Internacional de Tiro con Arco. —Ivan me miró con el ceño fruncido—. Brynne, estás delante de lord Rothvale, decimotercer barón o algo parecido, o *lord Ivan*, como lo llaman sus compatriotas deportivos. —Hice un gesto con florituras—. En carne y hueso.

Ahora le tocaba a Brynne estar impactada.

—Rothvale…, ¿como la galería donde conservo cuadros?

—Bueno, sí. Le pusieron el nombre del padre de mi tatarabuelo, pero no tengo ninguna conexión con la Galería Rothvale —dijo Ivan.

—Pero sí con la Nacional —le recordé.

Brynne me miró incrédula y luego volvió a dirigir la vista a Ivan.

—¿Estás en la junta directiva de la Galería Nacional, Ivan?

Él soltó un fuerte suspiro.

—Bueno, sí, querida, pero no es por elección propia. He heredado el nombramiento y no consigo deshacerme de él. Me temo que mis conocimientos son bastante flojos. No como tú, una experta en restaurar cuadros, según me ha contado E.

—Me encanta lo que hago. Ahora mismo estoy trabajando en el Mallerton más hermoso que existe. —Brynne me miró y extendió el brazo para cogerme la mano—. Ethan me ayudó a resolver el misterio del título del libro que tenía en la mano la mujer del cuadro.

—Es realmente brillante, Ivan. —Le di la razón a Brynne con la cabeza y le acaricié la mano con el pulgar, sin querer soltarla—. Yo solo traduje un poco de francés para ella.

Ivan parecía divertirse.

—Guau… A vosotros dos os ha dado muy fuerte. ¿Debería irme y dejaros almorzar en privado para que puedas traducirle más francés? —Brynne apartó la mano con rapidez. Yo fulminé a Ivan con la mirada. Este contestó con una sonrisita de superioridad—. En realidad puede que tenga un trabajo para alguien. Tal vez un equipo entero. —Se encogió de hombros—. Mi finca de Irlanda, Donadea, tiene habitaciones y habitaciones llenas de cuadros del siglo diecinueve. También hay un huevo de Mallertons. —Ivan levantó la vista con timidez—. Perdona la expresión, pero necesito que me los revisen y me los cataloguen. No creo que nadie los haya tocado en un siglo. —Negó con la cabeza y levantó las manos—. Ni siquiera sé lo que tengo allí, solo que hay un montón y que necesitan la atención de un profesional. Está en mi lista de cosas pendientes. —Ladeó la cabeza hacia Brynne y le dedicó una mirada que era mucho más seductora de

lo que debería para estar dirigida a mi novia—.
¿Te interesa?

¡No, definitivamente no le interesa irse con-
tigo a tu finca irlandesa a catalogar tus cuadros
mientras tú intentas encontrar la forma de llevár-
tela a la cama!

—¡Sí! —respondió Brynne.

—Puf —refunfuñé—. Solo si voy yo de ca-
rabina, y tengo casos pendientes hasta después de
agosto. —Le eché una mirada a Ivan para hacerle saber que Brynne iría sola a su finca de Irlanda
por encima de mi cadáver en descomposición.

—¿Qué? ¿No te fías de mí, E, de tu propia
sangre? —Negó con la cabeza—. Qué triste.

—¿Con ella? ¡Ni de coña! —Volví a coger
la mano de Brynne, y las ganas de tocarla supe-
raban el hecho de que fuera un cabrón celoso con
cualquiera que intentara flirtear con ella, incluso
mi primo.

—¿Sabes qué? Debería presentarte a Gabrielle. Mi compañera de piso está escribiendo su
tesis sobre Mallerton. Ella es la persona que necesitas, Ivan. Gaby estaba aquí también pero se
ha tenido que ir. Es una pena que no os hayáis
conocido. —Brynne sonrió dulcemente, contenta

con su sugerencia. Separó su mano de la mía con un pequeño golpecito y acto seguido lanzó una mirada crítica.

—¡Sí! —exclamé, interesado de repente—. Gabrielle sería perfecta para el puesto, Ivan.

—Las chispas que saltarían entre ellos dos serían un espectáculo que no quisiera perderme. Y, joder, había sido idea de Brynne, así que yo no tenía ninguna culpa. Cualquier cosa que lo distrajera de Brynne me parecía bien—. Te la presentaré en la Gala Mallerton. Intenta no hablar mucho y te irá bien —dije con condescendencia—. Limítate a enseñarle los cuadros.

Él me ignoró y se centró en mi encantadora novia.

—Pues gracias, Brynne. Me encantaría conocer a tu amiga y que aceptara el trabajo. No te haces una idea… Es una carga que llevo sobre mis espaldas y que debería haberme quitado hace décadas…

¡Ja! ¡Espera a que conozcas a Gabrielle y estarás deseando que te arañe la espalda!

El almuerzo llegó en ese momento y nos pusimos manos a la obra. Ivan parloteó con Brynne sobre estupideces y luego conmigo acerca de sus problemas de seguridad; antes de darme cuenta era hora de volver.

Dejé a Brynne con Ivan mientras fui a pedir que me trajeran el coche a la puerta. Ivan me guiñó el ojo y me garantizó que le echaría un vistazo por mí. Le di las gracias por invitarnos a almorzar y le lancé una mirada de advertencia que no dejó ninguna duda sobre cuánto necesitaba su ayuda. Sabía que mi primo solo estaba jugando conmigo. Lo más probable era que el pobre hombre estuviera en shock al verme así por una chica, y estoy seguro de que tendría mucho que decirme al respecto en una conversación privada. *Estupendo*.

Le di el tique al aparcacoches y escudriñé la zona. Era un hábito, simplemente algo que hacía cuando salía. Un tío con una chaqueta marrón estaba apoyado en el edificio esperando. Tenía ese aspecto ávido y una cámara alrededor del cuello. Lo catalogué de inmediato como *paparazzi*. Vivían para hacer fotos de famosos entrando y saliendo de establecimientos como Gladstone's, donde cualquiera podía aparecer en cualquier momento.

El aparcacoches me devolvió el coche y yo me subí para esperar. Puse música y sonó *But-*

terfly, de Crazy Town. Una canción perfecta, pensé, al tiempo que daba golpecitos en el volante con el pulgar mientras Brynne e Ivan se tomaban todo el tiempo que les daba la gana para salir a la calle.

Tampoco me entusiasmaba adónde iba a llevar a Brynne. Sesión de fotos. Si pudiese cambiar una cosa de mi chica sería esa. Odiaba y despreciaba profundamente que se desnudase para la cámara y que otro hombre viese su cuerpo. Era una belleza, cierto, pero es que no me gustaba que nadie más contemplase lo que era *mío.*

Mis pensamientos se vieron interrumpidos cuando Ivan le abrió la puerta del coche a Brynne. Acto seguido le dio un beso en cada mejilla y montó todo un numerito para decir adiós.

Al mismo tiempo, ¡ese puto fotógrafo empezó a sacar fotos! Parecían famosos aunque no lo fueran, si bien lo cierto es que Ivan técnicamente lo era. *¡Por el amor de Dios!*

Brynne estaba despampanante en la calle hablando con mi primo. ¿Cómo iba a sobrevivir a esto?, pensé. El deseo de fumar casi me dejó sin aire, pero mi vicio tendría que esperar por el momento.

—¡Adiós, Ivan! Encantada de haberte conocido, y será maravilloso volver a verte pronto en la Gala Mallerton. —Brynne se metió en su asiento y le sonrió.

—Ha sido un placer conocerte a ti también, Brynne Bennett. —Ivan sonrió de oreja a oreja y luego se agachó para hablar conmigo—. Cuida de esta chica tan guapa por mí, ¿de acuerdo? Sin arrebatos ni berrinches, ¿vale, E? Puedes hacerlo. —Se rio mientras cerraba la puerta.

—Muy gracioso —dije con sarcasmo mientras arrancaba y me alejaba del bordillo.

—Me cae muy bien tu primo, Ethan. Es todo un personaje. Me alegro de que me lo hayas presentado. ¡No me puedo creer que supieras que formaba parte de la junta de la Galería Nacional y no me lo dijeras! —Me dio un puñetazo flojito en el hombro, lo que me pareció increíblemente sexy.

—Bueno, lo siento, sé que a él le importa una mierda el arte, solo está en la junta. —Recordé mi juramento de contárselo todo y continué—. Le hablé de ti hace un tiempo. Quería saber si podía haber algo en la Nacional para ti. Yo también quiero que tengas un visado de trabajo. —La miré al otro lado del asiento, tan hermosa y radiante, y supe que haría cualquier cosa para que se quedara en Inglaterra conmigo. *¿Incluso lo que Ivan sugirió en broma por teléfono?*

—Oh, Ethan. —Me tocó la pierna—. Es un detalle por tu parte, pero conseguiré el trabajo yo misma. Es algo muy importante para mí. Quiero conseguirlo por mí misma, no porque tu primo te haga un favor. Por muy influyente que sea… y conquistador. ¡Dios, vaya un ligón!

—No me lo recuerdes. Ha habido unas cuantas veces que he querido estrangularlo durante el almuerzo.

—Pero es puro teatro, Ethan. Tú debes de saberlo. Te respeta y se nota la relación que tenéis. Casi como hermanos.

—Sí… Ivan es bueno en el fondo. Solo es que se ha llevado algunos palos muy duros últimamente que le han afectado un poco. *—Como a todos.*

—Como a todos —dijo ella.

Le cogí la mano y la sostuve en mi regazo a modo de respuesta. No sabía qué contestarle a eso y sabía que estábamos llegando.

Pero deseaba con todas mis fuerzas que el viaje hubiese durado mucho más. Cuanto más nos acercábamos a su destino, más empeoraba mi estado de ánimo. Cuando me detuve en el estudio donde iba a trabajar hoy y aparqué el maldito coche, estaba rabioso. Sentí cómo la irracionalidad me recorría el cuerpo y tuve que hacer un gran esfuerzo para rechazarla. El mister Hyde que llevaba dentro se estaba dando un festín con mi doctor Jekyll. Parecía que le estuviera dando una paliza al noble doctor y repartiendo golpes bajos con regocijo.

—¿Qué tipo de posado es hoy? —pregunté. *Y, por favor, dime que hay algo de ropa de por medio.*

—Ethan —me advirtió—, ya hemos discutido esto antes. No puedes pasar y tienes que dejar de preocuparte. Solo estamos el fotógrafo, la cámara y yo. Todos somos profesionales y hacemos nuestro trabajo. —Hizo una pausa—. Es para algo de lencería…

—¿Qué fotógrafo? —pregunté.

—Marco Carvaletti. Ya lo conoces.

—Oh, recuerdo al meloso italiano de Carvaletti, a quien le gusta besarte. *Muy* bien, cariño.

—Deja de comportarte como un idiota, Ethan —me dijo claramente—. Este es mi trabajo igual que tú tienes el tuyo.

Me quedé mirándola en el asiento y quería decirle que no podía entrar ahí y quitarse la ropa. Quería estar de pie al fondo de la habitación y vigilar todo lo que Carvaletti hiciera, cada movimiento, cada sugerencia que le propusiera. Quería estar ahí por si intentaba tocarla o se acercaba demasiado. Quería dar la vuelta en el coche y llevarla a casa. Quería follármela contra la pared en el momento en que estuviéramos dentro otra vez. Quería escucharla decir mi nombre jadeando mientras se corría. Quería que me sintiera *a mí* dentro de ella, que supiera que era yo el que estaba ahí y nadie más. Lo deseaba tanto...

Y no podía hacer ninguna de esas cosas. Ninguna.

Tenía que darle un beso de despedida y volver a *mi* trabajo. Tenía que decirle que le mandase un mensaje a Neil para que la recogiera porque yo tenía una reunión por la tarde y no podía venir a por ella. Tenía que verla marcharse y esperar hasta que la puerta se cerrase tras ella y ella estuviese dentro del edificio. Tenía que alejarme en el coche y dejar a mi chica dentro de ese edificio.

Tenía que hacer todo eso.

Y odiaba cada maldito segundo de ello.

No estaba de mucho mejor humor cuando pude salir de la oficina. Llamé a Brynne y me saltó el buzón de voz. Le dejé un mensaje y le dije que compraría algo de cena porque sabía lo cansada que está siempre después de una sesión de fotos. *No pienses en la maldita sesión de fotos.*

No me preocupé cuando no cogió el teléfono, porque sabía que se encontraba en su casa. Neil siempre me informaba cuando la dejaba. Había confiado en que se pudiese quedar en mi casa esa noche, pero Brynne no estaba dispuesta. Le había preguntado y se había negado. Dijo que esa noche necesitaba su propia cama y que, además, ya vendría mañana para la cena familiar que habíamos preparado. Yo intentaba que se quedara conmigo todas las noches, pero todavía se mostraba reacia a renunciar a su independencia. Brynne se enfadaba conmigo si me entrometía demasiado o trataba de influir en sus decisiones.

Por ejemplo, la de posar desnuda. *Ya lo estás volviendo a pensar, gilipollas.*

Maldita sea, las relaciones dan mucho trabajo... todo el puto tiempo.

Así que, como el brillante tío que soy, podía sopesar mis opciones: mi casa sin Brynne versus estar con Brynne en su diminuto apartamento y con menos intimidad si Gabrielle estaba allí.

Fácil decisión, Brynne ganaba siempre.

Joder, aún estaba fantaseando con otro polvo contra la pared y me preguntaba si podría sorprenderla con uno si no hubiera moros en la costa cuando llegase allí.

¿Dónde comprar comida? Nos gustaban muchos sitios diferentes. Podría haber llevado lasaña de Bellissima, pero recordé inmediatamente que Carvaletti era italiano y mandé esa idea al infierno. *Ese cabrón hoy la ha visto desnuda.*

A Brynne le encantaba la comida mexicana, pero era mucho mejor la que hacía ella que la de cualquier restaurante de la ciudad. Me encantaba el toque latinoamericano que le daba a sus platos. Me decidí por comida india y llamé para pedir algo de pollo a la mantequilla, cordero al curry y ensalada. Estaba saliendo del restaurante con la comida cuando le mandé un mensaje rápido: Ya stoy llegando, nena. He comprado pollo y cordero indio.

Recibí uno suyo justo después: Hola. Muy cansada y solo quiero cama. Puedo pasar de la cena sta noxe?

¿Qué? No me gustaba cómo sonaba ese mensaje e inmediatamente intenté descifrar lo que quería decir. Un destello de inquietud me recorrió de arriba abajo. ¿Me estaba diciendo que no fuese a su casa o solo que no tenía hambre? No podía saberlo por el mensaje y lo leí al menos diez veces.

Yo también estaba cansado, malhumorado, hecho polvo y necesitado de nicotina, y no del todo seguro de que mi cerebro estuviese en condiciones de mantener una conversación con una mente femenina posiblemente irracional. Todo lo que quería era comer algo, darme una ducha y meterme en la cama con ella. Incluso podía pasar del sexo, pero no dormir con ella no era negociable.

Habíamos llegado a una especie de acuerdo sobre dónde nos quedaríamos, dado que, ya fuese en su casa o en la mía, la quería junto a mí. Se lo había dejado perfectamente claro a Brynne cuando empezamos a salir. La llamé desde el coche mientras conducía.

—Hola. No tengo hambre, Ethan. —Sonaba rara.

—¿Qué te pasa, nena? ¿No te encuentras bien? —Esto era nuevo. Nunca antes había estado enferma, excepto el dolor de cabeza de la noche que nos conocimos.

—Me duele la tripa. Estaba acostada.

—¿Crees que te estás poniendo enferma? ¿Quieres que pase por la farmacia y te compre algo? —le ofrecí.

Hizo una pausa antes de contestar de forma críptica.

—No…, es que me duelen los ovarios.

Ahhhh. La Maldición. La conocía por mi hermana, pero nunca antes había tenido que enfrentarme a ella en una relación. De hecho, tampoco había tenido nunca una relación como la que tenía con Brynne. Cuando te acuestas con meros ligues, los inconvenientes del tipo «está en su semana mala» no llegan a surgir. Pero había escuchado las quejas de mis amigos durante años, y había crecido con mi hermana. Y había aprendido lo suficiente como para saber que darle su espacio a una mujer cuando está hormonando es lo mejor que se puede hacer. *¡¿Tú crees?!* Supongo que el buen polvo contra la pared que tenía en mente también estaba descartado. Mierda.

—Vale…, puedo hacerte un masaje cuando llegue. ¿Todo lo demás bien? ¿Cómo ha ido la sesión? —Sentí cómo me ponía tenso al esperar su respuesta.

—Hummm, la sesión ha ido bien. Sí. —Hizo una pausa y se sorbió la nariz—. He hablado por teléfono con mi madre. —Tenía un tono triste y me preguntaba si la razón por la que sonaba resfriada era porque había estado llorando. Tenía sentido. Esa mujer casi hizo que me dieran ganas de llorar la única vez que hablé con ella—. Nuestra conversación no ha ido demasiado bien.

—Lo siento, nena. Estaré ahí enseguida y podemos hablar cuando llegue.

—No quiero hablar de ella —me contestó de manera brusca. Tenía ese encantador tono de cabreo que, de hecho, me excitó un poco, pero también me hizo vislumbrar señales de peligro.

Hice una pequeña pausa.

—Eso también está bien. Ahora mismo estoy ahí.

—¿Por qué me suspiras por el teléfono?

Dios. Estoy seguro de haberme quedado boquiabierto, como un pez de colores, porque no tenía nada que responder a esa pregunta.

—No suspiro.

—¡Lo has vuelto a hacer! —me regañó—. Si me vas a interrogar sobre la sesión de fotos y mi madre, entonces tal vez no deberías venir. No me apetece eso esta noche, Ethan.

¿Se podría decir que unas hormonas malvadas estaban transformando a mi chica en Medusa de manera aterradora?

—¿No te apetece hablar conmigo o no te apetece ni siquiera verme? Porque yo sí que quiero hablar contigo. —Intenté mantener mi tono controlado pero no las tenía todas conmigo de poder conseguirlo. Aunque también estaba bastante seguro de que no podía hacer nada más para conservar la calma. No me gustaba nada esta mierda de conversación. Era un asco.

Silencio.

—¿Hola, Brynne? ¿Voy o no?

—No lo sé.

Conté hasta diez.

—No lo sé, ¿es esa tu respuesta? —*¿Qué coño ha sido de nuestro agradable y romántico al-*

*muerzo en Gladstone's? ¡Quiero que vuelva mi
chica dulce!*

—Has vuelto a suspirar.

—Denúnciame si quieres. Mira, voy conduciendo un coche lleno de comida india para llevar
y no sé adónde voy. ¿Me ayudas, nena?

Joder, me negaba en redondo a meterme en
una discusión por esto. Había tenido un mal día y
estaba hormonando, con eso podía lidiar. Era una
mierda que no fuera a estar en mis brazos esta noche, pero al menos no íbamos a cortar. Puede que
la Medusa me estuviese estropeando la noche, pero
habría desaparecido en unos días. Eso esperaba.

—Vale…, entonces ven a por mí —dijo con
firmeza.

No podía creer lo que estaba escuchando.

—¿Que vaya a por ti? Creía que tenías que
quedarte en tu casa esta noche. Antes has dicho…

Me cortó enseguida, su lengua era como una
cuchilla afilada.

—He cambiado de idea. No quiero quedarme
aquí. Cogeré mis cosas y estaré lista en cinco minutos. Llámame cuando estés en la puerta y bajo.

—De acuerdo, jefa —dije con total perple-
jidad, esperando a que colgara antes de soltar un

buen suspiro en voz alta. También negué con la cabeza. E incluso di un silbido. Luego fui a recoger a mi impredecible y muy desconcertante novia con pelo de serpientes y lengua afilada, como el tonto enamorado que era.

Mujeres..., criaturas aterradoras.

Capítulo
11

Esa será la tía Marie! Ethan, ¿puedes abrirle? Estoy muy liada aquí. —Brynne hizo un gesto con nerviosismo que indicaba los últimos preparativos de la cena en la cocina.

—Ya voy yo. —Le lancé un beso al aire—. Empieza el espectáculo, ¿eh?

Ella asintió con la cabeza. Estaba guapísima como siempre, con su falda larga negra y su suéter violeta. El color le quedaba muy bien y, como ahora sabía que era su favorito, tuve que creer en mi suerte por aquella primera vez que le mandé las flores violetas.

Todo o nada, nena.

Le abrí la puerta a una encantadora mujer de la que tan solo sabía que era la tía abuela de Brynne. Hermana de su abuela por parte de madre. Pero la persona que sonreía en mi puerta no tenía nada que ver en absoluto con una abuela. Con su piel tersa y su pelo rojo oscuro, parecía joven y elegante y bastante... atractiva para una mujer que no podía tener menos de cincuenta y cinco años.

—Tú debes de ser Ethan, del que tanto he oído hablar —dijo con acento americano.

—¿Y usted debe de ser la tía de Brynne, Marie? —Vacilé por si estaba equivocado. En serio, las mujeres de su familia eran impresionantes. Pensé en lo guapa que debía de ser la madre de Brynne.

Se rio de un modo encantador.

—No pareces muy seguro de eso.

La hice pasar y cerré la puerta.

—Para nada. Es que esperaba a su tía abuela, no a su hermana mayor. Brynne está muy ocupada en la cocina y me ha mandado a recibirla. —Le tendí la mano—. Ethan Blackstone. Es un gran placer para mí, tía Marie. Escucho a Brynne alabarla todo el tiempo y estaba deseando conocerla.

—Oh, por favor, llámame Marie —dijo, y me dio la mano—, eres un adulador, Ethan. ¿Su hermana, hummmm?

Me reí y ella se encogió de hombros.

—¿Demasiado halagador? No lo creo, y bienvenida, Marie. Te agradezco que hayas sacado
tiempo para acompañarnos esta noche.

—Gracias a ti por la invitación a tu preciosa
casa. No veo a mi sobrina tanto como quisiera, así
que esto es un extra. Y tu comentario ha sido muy
amable aunque fuese un tanto adulador. Tienes mi
voto, Ethan. —Me guiñó el ojo y creo que me con-
quistó en ese preciso instante.

Brynne salió de la cocina y abrazó a su tía.
Me sonrió feliz de oreja a oreja por encima del
hombro de Marie. Estaba claro que cualquiera
que fuesen los problemas que tenía con su madre, no los tenía con Marie y me alegré mucho.
Todo el mundo necesita a alguien que le dé amor
incondicional. Se dirigieron a la cocina y yo fui
a poner orden a las bebidas antes de que volviera a sonar el timbre. Sonreí al imaginarme lo que
mi padre pensaría de Marie cuando la viera. Sabía
que ella era viuda sin hijos, pero con su belleza debía de haber una larga cola de hombres pidiéndole a gritos una oportunidad. Estaba deseando
que Brynne me contara la historia.

Clarkson y Gabrielle fueron los siguientes
en llegar y, como ya conocían a Marie, todo lo

que tuve que hacer fue preparar las bebidas y pa-
sárselas. Clarkson y yo habíamos acordado una
especie de tregua, y con Gabrielle ocurría algo
parecido. A todos nos importaba Brynne y que-
ríamos que fuera feliz. No me hacía mucha ilu-
sión que le hiciera fotos, pero la única razón por
la que podíamos ser amigos era que él fuese gay.
En serio, sé que tengo un problema, pero si fuese heterosexual y le hiciese fotos desnuda a Brynne
no estaría en mi casa ahora mismo.

Una vez que Neil y Elaina aparecieron, me
sentí un poco más a gusto en mi propia casa.
Clarkson fue a la cocina a ayudar a Brynne y Marie, mientras que Gabrielle y Elaina parecían hacer
buenas migas hablando de libros; de uno en con-
creto que estaba de moda sobre un joven multi-
millonario obsesionado con una chica más joven...
y sobre sexo. Con cientos de escenas eróticas, por
lo visto en todas las páginas del libro.

Neil y yo nos miramos compasivos el uno
al otro y no tuvimos nada que añadir a la conversación. Quiero decir, ¿quién lee esa basura?
¿Quién tiene tiempo? ¿Por qué leer sobre sexo
cuando lo puedes estar practicando? No lo entiendo. ¿Y multimillonarios de veintitantos? Negué

con la cabeza mentalmente y fingí estar interesado. Soy un cabrón.

Miré el reloj y, justo como un llamamiento, sonó el timbre. Mi padre, por fin. Salté de mi asiento y fui a abrir la puerta. El pobre Neil parecía estar deseando venir a la puerta conmigo.

—Papá, me estaba empezando a preocupar. ¿Por qué no pasas a conocer a mi chica?

—Hijo. —Me dio una palmada en la espalda, que era nuestro saludo estándar, y sonrió de oreja a oreja—. Estás más contento que la última vez que te vi. Hannah me ha dicho que vas a ir por Somerset de visita. Que vas a llevar a Brynne.

—Sí. Quiero que todos se conozcan. Hablando de conocerse, ven, papá, está por aquí.

—Le conduje hasta la cocina y me recibió la cara radiante de Brynne, que acababa de ver a mi padre. Hizo que me diera un vuelco el corazón. Esto era importante. Conocer a la familia y causar una buena impresión. Querer que se llevaran bien al instante era muy importante para mí.

—Entonces esta debe de ser la encantadora Brynne y su... ¿hermana mayor? —les dijo mi padre a Brynne y a Marie.

—¡Eh! ¡Me lo has quitado, papá!

—Es verdad —dijo Marie—. Tu hijo me ha dicho lo mismo cuando he llegado.

—De tal palo, tal astilla —replicó mi padre, sonriente y feliz entre Brynne, Marie y Clarkson.

—Mi padre, Jonathan Blackstone. —Volví en mí para hacer las presentaciones oficiales y le acaricié la espalda a Brynne de arriba abajo. Me preguntaba cómo se estaría tomando todo esto. Habíamos llegado tan lejos tan rápido que era más que un poco disparatado, pero, como dije antes, ya no podíamos cambiar nuestro camino. Íbamos a toda velocidad montaña abajo y no íbamos a parar por nada. Se apoyó en mi costado y le di un pequeño apretón.

Mi padre le cogió la mano a Brynne y se la besó, tal como había saludado a las mujeres durante toda su vida. Le dijo lo encantado que estaba de conocer por fin a la mujer que me había conquistado y lo hermosa que era. Ella se ruborizó y le presentó a Marie y a Clarkson. Me sorprendería si este viejo ligoncete no le besaba la mano a Marie también. Meneé la cabeza, sabía que esta noche iba a hacer la ronda por todas las mujeres que hubiera. Le pondría los labios encima a cualquier mano femenina que encontrara. Oh, y sí, Marie le pareció atractiva. Era obvio, por lo que estaba seguro.

—A ti no te voy a besar la mano —le dijo mi padre a Clarkson cuando se la estrecharon.

—Si quieres puedes hacerlo —le ofreció Clarkson para romper el hielo.

—Gracias, tío. Creo que le has dejado sin palabras —le dije a Clarkson.

Brynne me miró a mí y luego a mi padre.

—Ya sé dónde aprendió Ethan eso que tanto me gusta de él de besar la mano, señor Blackstone. Veo que le ha enseñado un maestro —le comentó con una preciosa sonrisa. Una sonrisa con el poder de iluminar una habitación.

—Por favor, llámame Jonathan, y ten un poco más de paciencia conmigo, querida, porque me voy a tomar otra libertad. —¡Mi padre se inclinó y la besó en la mejilla! Ella se ruborizó algo más y sintió un poco de vergüenza, pero aún parecía contenta. Seguí acariciándole la espalda y esperé que no fuese demasiado… de todo.

—No te pases, viejo —dije, mientras negaba con la cabeza—. Mi chica. Mía. —La acerqué más a mí hasta que soltó una queja.

—Creo que lo pillan, Ethan —repuso ella, con la mano en mi pecho.

—Vale, pues que nadie lo olvide.

—Es casi imposible que eso pase, amor.

Me ha llamado amor. Todo va bien, pensé, y me alegré de poder reírme de mí mismo ahora que nos habíamos propuesto socializar esta noche.

—Pollo Marsala..., mmmm. Brynne, querida, ¿qué le has puesto? —preguntó mi padre entre bocado y bocado—. Está delicioso.

—He utilizado vino de chocolate para sofreír el pollo.

—Interesante. Me encanta lo que le produce al sabor. —Mi padre le guiñó el ojo a Brynne—. ¿Así que eres una gourmet?

—Gracias, pero en realidad no lo soy. Me divierte y aprendí a cocinar para mi padre cuando mi madre y él se separaron. Tengo unos maravillosos libros de cocina de Rhonda Plumhoff en mi libro electrónico. Vincula sus recetas con libros populares. Es famosa en mi país. Me encantan sus recetas.

Él ladeó la cabeza hacia mí.

—He criado a un chico listo.

—No soy idiota, papá, y ella sabe cocinar, pero yo no tenía ni idea de ese aspecto suyo al principio. Su primera comida conmigo fue una barrita energética, así que imagínate mi sorpresa cuando empezó a lanzar cacharros y a agitar cuchillos afilados en mi cocina. ¡Yo solo me mantuve alejado y me quité de en medio!

—Como he dicho, siempre fuiste un chaval espabilado —dijo mi padre con un guiño.

Todos se reían y parecían estar muy a gusto los unos con los otros, lo que me ayudó, pero aún me sentía nervioso por lo que tenía que decirles. No por la parte de la seguridad, que sabía cómo hacerlo y además muy bien; era el compartir la información en presencia de Brynne lo que me ponía nervioso. No quería reducirla a un trabajo de seguridad cuando significaba muchísimo más para mí. Tampoco quería que la situación le afectara y se disgustara, y que eso volviera a perturbar nuestra relación. Era muy protector con ella. Sí, lo era, y no iba a pedir disculpas por ello, ni mis sentimientos iban a cambiar en ese aspecto. No podría soportar hacerle más daño con ese sórdido asunto y tampoco dejaría que lo hiciese nadie más.

Así que llegamos a un trato. Yo informaría a Clarkson y a Gabrielle al mismo tiempo en mi despacho mientras ella hacía de anfitriona con los demás, y luego sería el turno de Marie y de mi padre. De esa forma, Brynne no tendría que estar allí y sentirse incómoda al ver la presentación de Power Point que había preparado con cronologías y fotos para que todos conocieran las caras y los nombres. Era importante que la gente más cercana a Brynne conociese todos los detalles de quién, qué, dónde y lo que podía llegar a ocurrir. No existía un móvil político más serio que unas elecciones presidenciales en Estados Unidos. Y el partido que quería aprovecharse de Brynne trabajaría igual de duro que el partido que deseaba que no se supiera de su existencia. Yo no sabía de qué otra forma protegerla sin dar a conocer la información a las personas que importaban. Elaina y Neil ya estaban al tanto y Brynne dijo que no le importaba si ellos y mi padre lo sabían. Los demás, por supuesto, ya conocían su historia.

Teníamos una sesión programada con la doctora Roswell para repasar algunas cosas como pareja. Accedí a hacerlo cuando ella me lo pidió.

Brynne aún tenía esa idea en la cabeza de que no podía quererla lo suficiente como para pasar por alto lo que había hecho con esos tíos en aquel vídeo. Como si ese vídeo la hubiese marcado para siempre como puta a los diecisiete años. Me daba mucha pena que se culpara a sí misma. Sin duda era un problema suyo, no mío, pero conseguir que se creyese que no la quería menos por aquella terrible agresión que tuvo que soportar era el verdadero obstáculo. Teníamos nuestras cosas en las que trabajar y ni siquiera habíamos arañado ligeramente la superficie de mis demonios. Y más de una vez me había preguntado si no debería hablar con alguien sobre mis cosas. La idea de otra pesadilla hacía que me cagara de miedo. Y más el hecho de que Brynne me viera otra vez así.

La observé con detenimiento durante toda la noche. En apariencia estaba preciosa y encantadora, pero supuse que por dentro lo estaba pasando mal conforme avanzaba la velada. En cuanto terminé con mi padre y con Marie fui enseguida a buscarla a la cocina, donde estaba preparando el café y el postre para nuestros invitados. Mantuvo la cabeza agachada aun cuando sabía que yo me hallaba allí. La arropé con mis brazos desde atrás y apoyé la barbilla encima de su cabeza. Era muy suave y su pelo olía a flores.

—¿Qué tenemos aquí, querida?

—Bizcocho de chocolate y nueces con helado de vainilla. El mejor postre del planeta. —Su voz estaba apagada.

—Tiene una pinta increíble. Casi tan delicioso como tú esta noche.

Brynne emitió un sonido y luego se quedó en silencio. Vi que se restregaba el ojo y entonces lo supe. Le di la vuelta y le cogí la cara con las manos. Odiaba cuando lloraba. No las lágrimas, sino la tristeza tras ellas.

—Tu padre… —No pudo terminar pero dijo lo suficiente. La estreché contra el pecho y la llevé al fondo de la cocina para que la gente no pudiera vernos y simplemente la abracé durante un minuto.

—¿Te preocupa lo que piense? —Asintió con la cabeza apoyada en mí—. Te adora, como todos los demás. Mi padre no es un tipo al que le guste criticar. No es su forma de ser. Es feliz por verme feliz. Y sabe que lo que me hace feliz eres tú. —Volví a ponerle las manos a cada lado de la cara—. Tú me haces feliz, nena.

Ella levantó la mirada hacia mí con unos ojos tristes y hermosos que brillaron y se iluminaron al comprender mis palabras.

—Te quiero —susurró.

—¿Ves? —Me di un golpe en el pecho con el dedo—. Un tío muy feliz.

Me besó en los labios e hizo que mi corazón latiera con fuerza.

—El postre… —comentó, y señaló hacia la encimera—, el helado se va a derretir.

Menos mal que ella se acordó, porque yo seguro que no lo habría hecho.

—Deja que te ayude con eso —dije—, cuanto antes lo sirvamos, antes se pueden ir a casa, ¿eh? —Empecé a coger los platos del postre y a llevárselos a la gente. Otra cosa no, pero soy un hombre de acción.

Me desperté al notar bastante ruido y un movimiento irregular a mi lado. Brynne estaba soñando. No daba la impresión de que fuera una pesadilla sino un *sueño*. Al menos eso era lo que me pareció. Se retorcía por la cama y abría y cerraba las piernas. Se agarraba la camiseta y arqueaba el cuerpo.

Debía de estar teniendo un sueño muy *bonito*. ¡Y más vale que fuera yo al que se estaba tirando en su fantasía!

—Nena. —Le puse la mano en el hombro y la zarandeé un poco—. Estás soñando…, no te asustes. Soy yo.

Sus ojos se abrieron de repente y se incorporó de inmediato, escrutando alrededor de la habitación hasta que su mirada se fijó en mí. Dios, estaba salvajemente hermosa con el pelo cayéndole por los hombros y el pecho jadeante.

—¿Ethan? —Extendió la mano.

—Estoy aquí mismo, nena. —Le cogí la mano—. ¿Estabas soñando?

—Sí…, era raro. —Bajó de la cama y se metió en el baño. Escuché el agua correr y el sonido de un vaso al dejarlo en la repisa. Esperé en la cama a que volviera y tras un par de minutos lo hizo.

Vaya. Que. Si. Lo. Hizo.

Salió caminando de manera provocativa y completamente desnuda con una mirada que había visto antes. Una mirada que decía: «Quiero sexo y lo quiero AHORA».

—¿Brynne? ¿Qué pasa?

—Creo que lo sabes —contestó con una voz sensual mientras se subía encima de mí y miraba hacia abajo, con el pelo cayendo hacia delante como una diosa del placer decidida a atacarme.

¡Oh, joder, sí!

Mis manos fueron a sus pechos sin pensarlo. ¡Dios! Sujeté toda esa suavidad y me los llevé hacia la boca. Ella se arqueó y empezó a moverse contra mi verga, que ahora estaba tan despierta como mi mente. Olvidé que se encontraba en esos días del mes en que se hallaba fuera de servicio porque desde luego no actuaba como si lo estuviera.

Puse la boca en su pezón y lo lamí minuciosamente. Me encantaba el sabor de su piel y podría jugar con ella durante siglos antes de estar preparado para abandonar sus preciosas tetas. Cogí el otro pezón y lo mordí un poco; quería llevarla a ese límite donde un poco de dolor hace que el placer sea mucho mejor. Gritó y empujó más fuerte contra mi boca.

Sentí cómo su mano se deslizaba bajo los calzoncillos que me había puesto para dormir y noté cómo la envolvía alrededor de mi pene.

—Quiero esto, Ethan.

Se bajó de mis caderas de un salto y su pezón se salió de mi boca, emitiendo un sonido. No tuve tiempo de protestar por tal pérdida, puesto que enseguida se puso manos a la obra para quitarme esos molestos calzoncillos y poner los labios alrededor de la punta de mi sexo.

—¡Ahhh, Dios! —Eché la cabeza hacia atrás y la dejé actuar. Era tan bueno que me dolían los testículos. Se le daba muy bien. Le cogí unos mechones de pelo y le aguanté la cabeza mientras me chupaba y me llevaba al borde del orgasmo. Deseé poder explotar dentro de ella en lugar de en su boca. Prefería estar muy dentro de ella cuando me corría, y mirarla fijamente a los ojos.

Pues bien, mi chica tenía más sorpresas preparadas para mí porque me dijo:

—Te quiero dentro de mí cuando te corras.

¿Había oído bien?

—¿Puedo? —alcancé a decir con voz entrecortada mientras ella se movía para levantarse.

—Aaajá —gimió ella, y se impulsó con las rodillas para sentarse a horcajadas sobre mí y descender a lo largo de toda mi verga hasta mis testículos.

No sé cómo no le hizo daño. Tal vez sí se lo hizo, pero no era yo el que lo estaba provocando, era ella la que estaba cogiendo lo que obviamente más quería. *¡Si insistes!*

—¡Ohhhh, jodeeeer! —grité, al tiempo que me agarraba a sus caderas para ayudarla.

Brynne se volvió loca, me montaba con fuerza, restregaba su sexo y buscaba el placer. El ritmo de las embestidas aumentó, y sabía lo que se acercaba. Sabía que iba a ser inmenso. Sentí cómo aumentaba la tensión pero necesitaba desesperadamente arrastrarla conmigo. De ninguna manera me iba a correr sin que ella al menos me acompañara en la diversión. Yo no funcionaba así.

Sentí el calor de su sexo, que me apretaba con fuerza mientras ella se movía arriba y abajo. Deslicé una mano entre sus piernas hasta donde nuestros cuerpos se unían y encontré su clítoris, mojado y resbaladizo. Deseé que fuera mi lengua, pero me conformé con mis dedos y empecé a acariciar.

—Me voy a correr… —jadeó.

Ya lo había dicho así antes, con suavidad y delicadeza. Esas cuatro palabras. Escuchárselo decir de nuevo me hacía enloquecer. Porque era yo el que la hacía culminar, y ella me lo entregaba todo en el instante en que eso pasaba.

Sus suaves palabras también me hicieron caer en picado.

—Sí, nena. Córrete. Ahora. ¡Córrete encima de mí!

Vi cómo lo hacía y cómo seguía mis órdenes como una experta. Apretó y gritó y se agarró y se estremeció.

—¡Ohhhhhh, Ethaaaaan! ¡Sí. Sí. Sí!

Se corrió al recibir la orden. Esa es mi chica, que lo hace cuando yo le digo. Soy un cabrón con suerte.

Me encantaba mirarla. Sentir su placer. Y cuando noté que yo mismo iba a culminar, la embestí una última vez mientras empujaba dentro de ella tan lejos como podía y me dejé llevar.

La avalancha de esperma salió disparada en sus profundidades. Sentí cada ráfaga brotar con violencia y cabalgué la ola de placer aturdido, apenas consciente de dónde tenía las manos agarradas o de lo que hacía mi cuerpo. Pero pude mirar sus preciosos ojos.

En algún momento más tarde, no tengo ni idea de cuánto tiempo había pasado, ella se agitó sobre mi pecho y levantó la cabeza. Sus ojos brillaban en la oscuridad y me sonrió.

—¿Qué *ha sido* eso?

—¿Un polvo impresionante en mitad de la noche? —bromeó.

Solté una risa ahogada.

—Un polvo de puta madre en mitad de la noche.

Besé sus labios y le agarré la cabeza hasta que estuve preparado para dejarla ir. Soy así de posesivo después del sexo con ella. No me gusta separarme justo después, y como se encontraba encima de mí, no me tenía que preocupar de no aplastarla y podía quedarme un poquito más.

Empujé hondo otra vez y la hice gemir con lujuria contra mis labios.

—¿Quieres más? —preguntó con una voz que mezclaba satisfacción y sorpresa.

—Solo si tú quieres —dije—. Nunca te rechazaría y me gusta cuando me asaltas, pero creía que tenías la regla…

—No. Para mí es distinto por las pastillas que me tomo. No me dura apenas, un día tal vez, en todo caso…, a veces ni siquiera… —Empezó a besarme por el pecho y me dio un mordisquito en el pezón.

Dios, cómo me gustaba. Sus atenciones hicieron que volviese a ponerme a tono y que me entrara un imperioso deseo de una segunda ronda.

—Creo que me vas a matar, mujer…, de la mejor manera. —Pude decir, pero fue lo último que pronunciamos en un rato. Mi Medusa se había convertido en Afrodita y rendía culto en el altar de Eros. Por lo visto mi suerte no tenía límites.

—Los periódicos estadounidenses —dijo Frances mientras dejaba el montón en mi mesa—. Hay un artículo interesante en *Los Angeles Times* sobre algunos miembros del Congreso que tienen hijos cumpliendo servicio activo en el Ejército. Adivina a quién han entrevistado.

—Debe de ser uno de los pocos. Oakley se aprovechará todo lo que pueda. Gracias por traerlos. —Le di un golpecito al montón de periódicos—. ¿Y lo otro qué?

Frances parecía estar muy satisfecha consigo misma.

—Lo recogeré cuando salga a almorzar. El señor Morris ha dicho que quedó precioso al restaurarlo después de tantos años en la caja fuerte.

—Gracias por encargarte de eso por mí.

—Frances era una joya de ayudante. Llevaba mi oficina con mucha eficiencia. Yo podría organizar la seguridad, pero esa mujer mantenía mi negocio ordenado y no subestimaba su valía ni por un instante.

—Le va a encantar. —Frances vaciló en la puerta—. ¿Y aún quieres que cancele todas tus citas del lunes?

—Sí, por favor. Lo del Mallerton es esta noche y luego nos vamos a Somerset por la mañana. Volveremos en coche el lunes por la tarde.

—Me ocuparé de ello. No debería haber ningún problema.

Cogí el *Los Angeles Times* cuando Frances se fue y busqué el artículo del senador. Me puso enfermo. A esa escurridiza serpiente se le olvidó mencionar cómo a su querido hijo le habían prorrogado el servicio de manera forzosa hacía poco, pero eso no era una sorpresa. Me preguntaba qué pensaría realmente el hijo del padre. Me imaginaba la disfunción de esa familia, y no era nada agradable.

Volví a dejar el periódico en el montón y, cuando lo hice, el movimiento hizo que algo asomara por debajo. Un sobre. Lo habían metido entre el montón de periódicos. Eso ya era raro de por sí, pero las palabras en el sobre…: «PARA SU CONSIDERACIÓN»…, y que tuviese mi nombre debajo hizo que se me acelerase el corazón.

—Frances, ¿quién te ha dado los periódicos esta mañana? —bramé por el interfono.

—Muriel los prepara todas las mañanas. Los aparta y me los pasa, tal y como lleva haciendo desde hace un mes. Estaban aquí mismo, esperándome —titubeó—. ¿Está todo bien?

—Sí. Gracias.

Mi corazón aún latía con fuerza cuando me quedé mirando el sobre, que yacía en mi mesa. ¿Quería abrirlo? Alcancé la solapa y desenrollé la cuerdecita roja. Metí la mano y saqué unas fotos. Fotografías de ocho por diez en blanco y negro de Ivan y Brynne charlando en Gladstone's. Él besándola en la cara mientras yo esperaba a que se metiera en el coche. Ivan agachado para hablar conmigo y diciéndonos adiós. Ivan en la calle cuando nos fuimos. Ivan esperando en la calle a que le trajeran el coche.

¿El fotógrafo que vi en la puerta del restaurante estaba allí expresamente por Ivan? Lo habían amenazado de muerte antes... y ¿ahora teníamos fotos suyas y de Brynne y yo juntos? Que la asociaran con él no era bueno. Ivan tenía sus propios problemas, y, sin duda alguna, yo no necesitaba la complicación añadida de que quienquiera que estuviese acosando a Ivan metiese a mi Brynne en ese marrón. ¡Joder!

Le di la vuelta a las fotos una por una. Nada. Hasta la última. «Nunca intentes asesinar a un hombre que se va a suicidar».

Había visto ese tipo de cosas a lo largo de mi carrera. Había que tomárselas en serio, por supuesto, pero la mayoría de las veces se trataba de algún fanático que tenía mucho interés en alguien de renombre y que pensaba que le había ofendido personalmente y con malas intenciones. Las figuras del deporte eran los que más sufrían estas gilipolleces. Ivan había ofendido a cientos de personas en su día y la prueba era sus medallas de oro. Era arquero olímpico, ahora retirado, pero seguía siendo el niño mimado y alabado de Gran Bretaña y acosado por la prensa. El hecho de que fuésemos familia le había reportado protección, y lo cierto era que me mantenía muy ocupado.

Estas fotos se habían hecho hacía dos semanas. ¿Estaba el fotógrafo allí expresamente por Ivan o simplemente vendió las fotos que hizo de Ivan Everley, arquero olímpico, porque tuvo la suerte de sacarlas y podía ganarse unas cuantas libras con su venta? Los *paparazzi* merodeaban por los sitios donde acostumbraban a ir famosos, así que resultaba difícil saber si las fotos habían sido concertadas de antemano o pura casualidad.

Y si eres un lunático decidido a matar a alguien famoso, ¿por qué diablos ibas a molestarte en informar a su empresa de seguridad privada sobre los detalles de tu plan? No tenía ningún sentido. ¿Por qué mandármelas a mí? Era obvio que quienquiera que hubiese conseguido las fotografías quería que yo las viera. Se habían tomado la molestia de infiltrarlas en el montón de periódicos que yo pedía de forma habitual en el puesto de la calle.

Muriel.

Tomé nota mentalmente de hablar con Muriel cuando saliera. Me iba a marchar antes de todas formas por lo del Mallerton de esta tarde, así que debería poder pillarla antes de que cerrase.

Abrí el cajón de mi escritorio y saqué unos cigarrillos y el mechero. Vi el viejo móvil de Brynne allí dentro y también lo saqué. No había tenido mucha actividad en las últimas dos semanas, ya que todos sus contactos disponían de su nuevo número. El tío de *The Washington Review* no volvió a llamar, lo más probable es que la considerase una pista falsa, lo cual le venía muy bien a Brynne. Lo puse a cargar para poder llevármelo esta tarde y todo el fin de semana.

Me encendí el primer Djarum del día. El sabor era perfecto. Sentía que me venía muy bien haber reducido la cantidad. Brynne me ayudaba a motivarme, pero cuando las cosas se ponían difíciles entre nosotros, me convertía en un fumador compulsivo. Tal vez debería probar eso de los parches de nicotina.

Decidí disfrutar de mi único cigarrillo y pensé en el inminente fin de semana. Nuestro primer viaje juntos. Me las había arreglado para arañar tres días en total y así poder llevar a mi chica a la costa de Somerset para quedarnos en la casa de campo de mi hermana. El lugar también funcionaba como casa rural de semilujo y era muy consciente del hecho de que nunca, en ninguna otra ocasión en las que había ido allí antes, le había preguntado a mi hermana si podía llevar a alguien conmigo.

Brynne era diferente por muchas razones, y si aún no estaba preparado para admitir esos sentimientos en público, sí que los reconocía por dentro. Quería hablar con ella acerca de hacia dónde iba nuestra relación, y preguntarle lo que quería. La única razón por la que no lo había hecho todavía era porque su posible respuesta me ponía muy nervioso. ¿Y si ella no quería lo mismo que yo? ¿Y si yo era solo su primera relación seria con la que estaba tanteando el terreno? ¿Y si conocía a otra persona en el futuro?

Mi lista podía seguir sin parar. Solo tenía que recordarme a mí mismo que Brynne era una persona muy sincera y si me había dicho lo que sentía por mí, entonces debía de ser verdad. Mi chica no era una mentirosa. *Te ha dicho que te quiere.*

El plan era salir temprano por la mañana después de la gala de esta noche para evitar el tráfico, y me moría por llevar a Brynne allí. Quería pasar un fin de semana romántico lejos con mi chica, y también necesitaba salir de la ciudad y respirar el aire fresco del campo. Me encantaba Londres, pero, aun así, el deseo de pasar algo de tiempo lejos de la aglomeración urbana para mantener la cordura era algo que se me presentaba a menudo.

Justo entonces entró una llamada que me sacó de mi ensimismamiento y me devolvió a mis responsabilidades laborales, las cuales en ese momento eran muy, pero que muy urgentes. El día pasó volando y antes de darme cuenta era hora de ponerme en marcha.

Llamé a Brynne mientras salía de la oficina para decirle que estaba de camino y esperaba escuchar un repaso rápido de todo lo que había que hacer antes de lo de esta noche y de nuestro inminente viaje. En cambio escuché el buzón de voz, así que le mandé un breve mensaje: Voy de camino a casa. Necesitas algo? Y no obtuve respuesta.

No me gustó y me di cuenta, allí mismo y en aquel momento, de que siempre me preocuparía por ella. La preocupación nunca desaparecería. Había oído a la gente decir ese tipo de cosas sobre sus hijos. Que no sabían lo que era la verdadera preocupación hasta que tuvieron a alguien tan importante en sus vidas que medía la verdadera esencia de lo que significaba querer a otra persona. Con el amor venía la carga de la posible pérdida, una perspectiva demasiado dolorosa para pensar mucho en ella.

Recordé el sobre entre el montón de periódicos y me dirigí al puesto de Muriel de camino al coche. Me vio acercarme y me siguió con sus conmovedores ojos. Podía haber tenido una vida dura y una existencia difícil, pero eso no alteraba el hecho de que era muy inteligente. Sus ojos de lince no se perdían nada.

—Hola, Muriel.

—Eh, jefe. ¿Qué puedo hacer por usted? Siempre tengo todos esos periodicuchos americanos que quiere, ¿eh?

—Sí. Muy bien. —Le sonreí—. Pero tengo una pregunta, Muriel. —Observé su lenguaje corporal mientras hablaba, en busca de pistas para ver si sabía lo que le iba a preguntar o no. Saqué el sobre con las fotos de Ivan y se lo enseñé—. ¿Qué sabes de esto que han metido entre el montón de periódicos de hoy?

—Nada. —No miró a la izquierda. Tampoco dejó de mirarme a los ojos. Esas dos cosas indicaban que me estaba diciendo la verdad. Solo podía adivinar y utilizar mi intuición, y recordar con quién estaba tratando.

Puse un billete de diez en el mostrador.

—Necesito tu ayuda, Muriel. Si ves a alguien o algo sospechoso quiero que me lo digas. Es importante. La vida de una persona podría estar en juego. —Le hice un gesto de aprobación con la cabeza—. ¿Estarás atenta?

Ella dirigió los ojos al billete de diez libras y luego volvió a mirarme. Me enseñó esos horrorosos dientes con una sonrisa genuina y dijo:

—Por ti, guapo, lo estaré. —Agarró con rapidez las diez libras y se las metió en el bolsillo.

—Ethan Blackstone, piso cuarenta y cuatro —dije, y señalé mi edificio.

—Sé tu nombre y no se me olvidará.

Supuse que hicimos el mejor trato posible teniendo en cuenta con quién lo estaba haciendo. Me dirigí a mi coche, ansioso por llegar a casa y ver a mi chica.

Llamé a Brynne por segunda vez y me volvió a salir el buzón de voz, por lo que dejé un mensaje diciendo que iba de camino. Me preguntaba qué estaría haciendo para no contestar y traté de imaginar algo como darse un baño, hacer ejercicio con los auriculares puestos o haber dejado el teléfono en modo silencio.

Luché contra mis preocupaciones. En primer lugar, aún no estaba familiarizado con ese sentimiento, pero al mismo tiempo tampoco era algo que podía dejar a un lado. Me preocupaba por Brynne constantemente. Y solo por que todo esto fuese nuevo para mí no significaba que resultase más fácil de entender. Era un novato total que aprendía sobre la marcha.

El apartamento se encontraba tan silencioso como una tumba cuando entré. Sentí que la ansiedad alcanzaba unos niveles muy desagradables y empecé a buscar.

—¿Brynne?

Solo reinó el silencio. No estaba haciendo ejercicio y era evidente que no se hallaba en mi despacho. Tampoco estaba fuera en la terraza. El baño era mi última esperanza. Mi corazón latía con fuerza al abrir la puerta. Y se hizo pedazos al ver que tampoco se encontraba allí.

¡Joder! Brynne, ¿dónde estás?

Sin embargo, su precioso vestido permanecía colgado en una percha. El violeta que se había comprado en la tienda *vintage* con Gabrielle el día que almorzamos juntos en Gladstone's. También había muestras de que había estado haciendo la maleta; había sacado los cosméticos y tenía una pequeña bolsa a medio hacer. Así que había estado aquí preparándose para esta noche y para nuestro viaje de fin de semana.

Quería otorgarle el beneficio de la duda, pero ya se había marchado sola antes, ¿y si lo había hecho otra vez? ¡Después de esas fotos del lunático de hoy, tenía un nudo en el estómago y necesitaba saber dónde coño estaba!

Pasé al dormitorio e hice una llamada a Neil en un estado que rozaba el pánico… cuando la vi. La visión más maravillosa del mundo. Entre toda la ropa esparcida y las maletas a medio hacer estaba Brynne, acurrucada en la cama…, dormida.

—¿Sí? —contestó Neil. Yo estaba tan paralizado que aún tenía el móvil en la oreja.

—Eh…, falsa alarma. Lo siento. Nos vemos en la Galería Nacional en unas horas. —Colgué antes de que pudiera responderme. El pobre debió de pensar que había perdido la cabeza.

La has perdido completamente.

Sin hacer ruido, me quité la chaqueta, me deshice de los zapatos, me subí poco a poco y con cuidado a la cama y me acurruqué alrededor de su silueta. Respiré su deliciosa fragancia y dejé que se me desacelerase el ritmo cardiaco. Las ganas de encenderme un cigarrillo eran enormes, pero en su lugar me concentré en el calor que desprendía sobre mí y pensé que mi adicción al tabaco tendría que disminuir con el tiempo.

Brynne estaba inconsciente, profundamente dormida, y yo me preguntaba por qué estaría tan cansada, pero tampoco quería molestarla. Podía hacer guardia, esperar con ella a mi lado y pensar en la lección que acababa de darme. Al parecer, Brynne no era la única con problemas a la hora de confiar en los demás. Necesitaba trabajar en los míos un poco más. Dijo que no volvería a marcharse sola, así que tenía que confiar en que mantendría su palabra.

Abrí los ojos y me encontré los suyos estudiándome. Sonrió, estaba contenta y guapísima.

—Me gusta mirarte cuando duermes.

—¿Qué hora es? —Miré hacia arriba al tragaluz y vi que la luz del día aún seguía ahí—. ¿Me he dormido? Vine a casa y te encontré en la cama y no pude resistirme a acompañarte. Supongo que también me quedé frito, dormilona.

—Son casi las cinco y media y es hora de ponerse en marcha. —Se estiró como un gato, gloriosamente sensual y erótica al desperezarse—. No sé por qué estaba tan cansada. Solo me he acostado un minuto y cuando he abierto los ojos… estabas aquí. —Empezó a bajar de la cama.

La agarré del hombro y la empujé hacia mí, inmovilizándola debajo de mi cuerpo y colocándome entre sus piernas.

—No tan deprisa, nena. Primero necesito un poco de tiempo a solas. Va a ser una noche muy larga y tendré que compartirte con multitud de idiotas.

Ella me cogió la cara y sonrió de oreja a oreja.

—¿Qué clase de tiempo a solas te estás imaginando?

La besé lenta y minuciosamente, recorriendo cada centímetro de su boca con la lengua antes de contestar.

—La clase en la que tú estás desnuda y gritas mi nombre. —Empujé con las caderas despacio contra su suave cuerpo—. Esa clase.

—Mmmmm, eres convincente, señor Blackstone —replicó ella, que aún sostenía mi cara—, pero tenemos que empezar a prepararnos para lo de esta noche. ¿Se te da bien hacer varias cosas al mismo tiempo?

—Se me dan bien muchas cosas —respondí antes de besarla otra vez—. Dame una pista.

—Bueno, me encanta tu ducha en forma de gruta casi tanto como tu bañera —dijo con coquetería.

—Ahhh, ¿entonces solo me estás utilizando por mis excelentes instalaciones de baño?

Soltó una risita y deslizó la mano entre nosotros para agarrar mi verga, que se estaba poniendo dura.

—Excelentes instalaciones en todas partes, tal como yo lo veo.

Me reí y gemí al mismo tiempo, separándome de ella y metiéndome en el baño.

—Abriré el agua caliente… y estaré esperándote ahí dentro.

No tuve que esperar mucho antes de que me acompañara desnuda y alucinantemente sexy, como de costumbre; me tenía totalmente cautivo, enloquecido y deseoso de reclamar su cuerpo y tomar el control durante el sexo de esa forma que no parecía poder controlar cuando estábamos juntos. Mi máxima recompensa y mi mayor temor se convertían en uno solo. Había bromeado sobre la gala de esa noche y sobre compartirla con otros, pero la declaración escondía mucha más verdad de lo que quería admitir. Odiaba compartirla con otros hombres que la admiraban, demasiado en mi opinión.

Pero era la realidad de Brynne y si ella era mi chica, entonces tendría que aprender a aceptarlo como un hombre.

Aun así, aprovechamos muy bien el tiempo en aquella agua jabonosa. Sí…, hacer varias cosas a la vez es uno de mis puntos fuertes y no desperdiciaré ninguna oportunidad que me ofrezcan.

—Estás más que guapa, ¿sabes?

Se sonrojó en el espejo, el rubor se acentuó y se extendió por su cuello e incluso sobre la turgencia de sus pechos en el escote de ese espectacular vestido que se había comprado. Era de encaje, muy ajustado y con la falda corta bastante vaporosa de otro material del que no sabía el nombre. No importaba de qué diablos fuera, ese vestido iba a ser mi muerte esa noche. Estaba muy jodido.

—Tú también estás muy guapo, Ethan. Además vamos a juego. ¿Has elegido esa corbata solo por mi vestido?

—Por supuesto. Tengo montones de corba-
tas. —La miré mientras se maquillaba y termina-
ba los últimos detalles, agradecido de que no le
importara que la espiara y cada vez más nervioso
por lo que estaba a punto de hacer.

—¿Te vas a poner ese alfiler de corbata *vintage* de plata? ¿Ese que me gusta tanto?

Perfecta introducción.

—Claro. —Fui hasta el estuche de encima
del tocador a cogerlo.

—¿Es una joya de familia? —preguntó mientras me lo ponía en la corbata.

—De hecho sí que lo era. De la familia de
mi madre. Mis abuelos eran de una familia ingle-
sa adinerada y solo tuvieron dos hijas, mi madre
y la madre de Ivan. Cuando murieron, sus bienes
se repartieron entre los nietos, Hannah, Ivan y yo.

—Lo cierto es que es increíble y me encantan las piezas antiguas como esa. Las cosas *vintage* están tan bien confeccionadas…, y si encima
tienen algún valor sentimental, entonces mejor
que mejor, ¿verdad?

—No tengo más que unos pocos recuerdos
de mi madre, yo era muy pequeño cuando murió. Pero me acuerdo de mi abuela. Pasábamos

las vacaciones con ella, nos contaba muchas historias y nos enseñaba fotografías; intentaba ayudarnos a conocer a nuestra madre lo mejor que podía porque siempre decía que era lo que mi madre habría querido.

Brynne dejó la brocha de maquillaje y vino hasta mí. Me pasó la mano por la manga de la camisa y luego me ajustó un poco la corbata, y por último me arregló el alfiler de plata con veneración.

—Tu abuela debía de ser encantadora y tu madre también.

—A las dos les habría encantado conocerte. —La besé con cuidado para no estropearle el pintalabios y me saqué la caja del bolsillo—. Tengo algo para ti. Es especial…, hecho para ti. —Se la ofrecí.

Se le pusieron los ojos como platos al ver la caja de terciopelo negro y luego me miró un poco sorprendida.

—¿Qué es?

—Solo un regalo para mi chica. Quiero que lo tengas.

Le temblaban las manos cuando abrió el estuche y acto seguido se llevó una a la boca con un suave grito ahogado.

—Oh, Ethan…, es…, es precioso…

—Es una pequeña pieza *vintage* de mi madre y es perfecta para ti… y por lo que siento por ti.

—Pero no deberías darme esta joya familiar. —Negó con la cabeza—. No está bien que la regales.

—Debería dártela a ti y te la estoy dando —la interrumpí con firmeza—. ¿Te la puedo poner?

Ella miró el colgante y luego de nuevo a mí, y volvió a repetir los mismos movimientos.

—Quiero que lo lleves esta noche y que aceptes el regalo.

—Oh, Ethan… —Le tembló el labio inferior—. ¿Por qué?

¿Sinceramente? El colgante de amatista en forma de corazón con diamantes y perlas era algo muy bonito, pero, sobre todo, gritaba el nombre de Brynne. Cuando recordé que pertenecía a la parte de la colección que había heredado de mi madre, fui a la caja fuerte y la abrí. Allí había más cosas, pero necesitábamos un poco más de tiempo antes de pasar a otros regalos relacionados con joyas.

—Solo es un collar, Brynne. Algo muy elegante que me recuerda a ti. Es *vintage* y es de tu color favorito y es un corazón. —Le quité la caja de las manos y saqué el colgante—. Espero que lo aceptes y que te lo pongas y que sepas que te quiero. Eso es todo. —Ladeé la cabeza y lo sostuve entre mis dedos por los extremos, esperando a que ella accediera.

Frunció los labios, respiró hondo y cuando levantó la vista y me miró vi que tenía los ojos vidriosos.

—Me vas a hacer llorar, Ethan. Es tan..., tan hermoso..., y me encanta..., y..., y me encanta que quieras que lo tenga..., y yo también te quiero. —Se dio la vuelta hacia el espejo y se apartó el pelo del cuello.

¡La victoria sentaba de puta madre! Estoy seguro de que mi alegría no podía ser mayor y sentía más felicidad en ese momento de la que había sentido en mucho tiempo, cuando le abroché la cadena alrededor de su precioso cuello y vi el corazón enjoyado posarse sobre su piel. Por fin había encontrado un hogar después de décadas en la oscuridad.

Igual que mi corazón.

Capítulo
12

La Galería Nacional de Retratos es un lugar magnífico para celebrar eventos y con el que estoy muy familiarizado, puesto que he estado allí en muchas ocasiones encargándome de la seguridad, algunas veces como invitado y una o dos con una cita.

Pero nunca así.

Brynne le daba un nuevo significado al concepto de posesión. Al menos para mí lo hacía. Pensé que no iba a poder sobrevivir hasta el final de la noche por tener que aguantar a toda la gente que quería hablar con ella.

Estaba preciosa y perfecta con su vestido violeta de encaje y sus zapatos plateados; por fuera era la pura imagen de una modelo, pero por dentro esa mente artística suya era brillante y respetada por el trabajo que hacía en su campo. Mi chica era famosa esa noche. También me ayudaba mucho ver mi regalo alrededor de su cuello. *¡Es mía, gente! ¡Mía! ¡Y que no se os olvide, joder!*

La decisión de exponer a lady Perceval fue efectivamente un éxito. La habían puesto como ejemplo en la explicación del proceso de conservación dado que su restauración solo estaba parcialmente completa. Y Brynne, por supuesto, era la conservadora a cargo del proyecto. Cuando entramos a sentarnos para cenar, se hizo una mención a su descubrimiento en el discurso de bienvenida. La expresión de orgullo en su cara fue algo que no creo que pueda olvidar nunca. Todos los beneficios del evento de esa noche se destinaron a apoyar a la Fundación Rothvale para el Avance de las Artes, y cuando miré alrededor de la sala, pude ver mucha pasta y apellidos de renombre entre los invitados. Parecía que Mallerton estaba experimentando una especie de renacimiento, y la revelación de Brynne de lo que había pintado había ayudado a generar interés por su trabajo y, en consecuencia, por la organización benéfica Rothvale.

—Brynne, tu lady Perceval es excepcional —dijo Gabrielle—. La he mirado con detenimiento cuando he llegado. Me encanta cómo la tienen expuesta para enseñar los métodos de conservación y el proceso al que se somete un tesoro como ese. Y, Ethan, he oído que tú también jugaste un papel decisivo en la resolución del misterio.

—Nada decisivo. Solo en la traducción de algunas palabras, pero gracias, Gabrielle. Me alegré de poder ayudar a mi chica con un poco de francés. —Le guiñé un ojo a Brynne—. Se puso muy contenta cuando lo entendió todo.

—Estaba eufórica. Ese cuadro ha sido un gran salto en mi carrera. Y todo te lo debo a ti, amor. —Se acercó y cubrió mi mano con la suya.

Dios, me encantaba cuando me hacía pequeños gestos de afecto como ese. Puse su mano en mis labios y no me importó lo más mínimo quién lo vio. Me daba igual.

—Me pregunto dónde está Ivan. ¿Crees que llegará pronto? —preguntó Brynne.

Mis sentimientos de alegría se convirtieron en puros celos en aproximadamente dos coma cinco segundos y estoy seguro de que puse mala cara, aunque enseguida me di cuenta de lo que estaba haciendo y entendí que Brynne solo trataba de ser amable. Recordé que le tenía que hablar de las fotos de hoy, pero, joder, a Ivan se le iba a caer la baba con Brynne cuando viese lo guapa que estaba esta noche.

Brynne se giró hacia su amiga y empezó a decir entusiasmada:

—Gab, de verdad espero que venga esta noche, quiero que conozcas al primo de Ethan. Tiene una casa llena de Mallertons que necesita catalogar y Dios sabe qué más. *Tienes* que conocer a ese hombre. Quiero decir, en serio, tienes que conocerlo.

Gabrielle se rio, estaba contenta y preciosa a su manera; llevaba un vestido ajustado verde que hacía maravillas al hacer juego con el color de sus ojos. Esta podía ser una buena solución, comprendí. Si Ivan se distraía con Gabrielle, sería excelente para evitar que flirtease con Brynne. Y algo me decía que Ivan iba a estar encima de Gabrielle en cuanto la viera. Apostaría pasta. Y ganaría.

—Difícil de decir, nena. Ivan ve el tiempo según sus propios parámetros y siempre ha sido así. Es terriblemente irritante… —Mis palabras se fueron apagando cuando la vi al otro lado de la mesa. *La madre que me parió.* Rubia Rojiza a las tres, toda engalanada y a la caza. *Desastre.*

Aparté la vista con rapidez y me centré en Brynne. Ella miró hacia donde acababan de enfocar mis ojos y luego otra vez hacia mí. Le estaba dando vueltas a la cabeza, estoy seguro. Brynne es una chica lista. Intenté tomármelo con calma y recé para que Pamela o Penelope no se acordase mucho más que yo, pero no tenía muchas esperanzas. Era amiga de Ivan y sabía que terminaría acercándose antes de que acabara la noche. ¿Dónde está el libro de instrucciones para manejar estas situaciones incómodas? ¿No era muy vulgar presentarle a la última chica que te tiraste a la persona que te estabas tirando ahora? Puf.

—¿Va todo bien? —preguntó Brynne.

—Sí. —Alcancé mi copa de vino y puse el brazo en el respaldo de la silla de Brynne—. Perfecto. —Sonreí.

—Oh, mira, ahí está Paul. —Sonrió y saludó con la mano a mi enemigo, que levantó su copa en nuestra dirección. Sabía que estaría aquí porque lo dijo aquella mañana cuando quise que viera de cerca el bordillo—. Sé amable. Ni se te ocurra tener otro arrebato delante de él —me pidió entre dientes.

—Muy bien —repuse, levantando mi copa y deseando mentalmente tener conocimientos de magia negra para poder echarle una maldición y convertirlo en un sapo. Un momento, él ya era un sapo; tendría que ser otra cosa… ¿Una cucaracha tal vez?

—¿En qué estás pensando?

—En lo mucho que desprecio a ciertos insectos —contesté, y le di un trago al vino.

Ella puso los ojos en blanco.

—¿En serio?

—Ajá. No es broma. Las cucarachas son bichos asquerosos, se cuelan con sigilo en sitios que definitivamente no les pertenecen.

Se rio de mí.

—Eres muy mono cuando te pones celoso. —Entrecerró los ojos y se inclinó hacia mí—. Pero si vuelves a avergonzarme delante de él como aquella mañana comprando café, te haré daño, Blackstone. Y habrá mucho dolor insoportable de por medio. —Miró debajo de mi cintura.

Me reí también y solo porque *era* gracioso y no dudaba de su amenaza ni por un segundo, y por el hecho de que La Cucaracha nos estaba mirando desde el otro lado de la sala.

—Seré un perfecto caballero... siempre y cuando no saque las pinzas.

Ella me puso los ojos en blanco otra vez y me di cuenta de lo azules que se veían en contraste con su vestido.

Después de cenar, tuve el placer de ser presentado a la muy femenina y muy elegante Alex Craven, del Museo Victoria and Albert. Le recé a mi madre en agradecimiento por no haberle enviado nunca a la señorita Craven el mensaje tóxico de «Ethan y su gran cuchillo» y pensé que mi madre debía de estar cuidando de mí ese día. Nunca doy mi suerte por sentada.

No pasó mucho tiempo hasta que unos mecenas se llevaron a Brynne para que les explicase con pelos y señales el proceso de conservación de lady Perceval. Me resigné a esa eventualidad y me dirigí a pedir otra copa. Noté unos ojos que me miraban y me di la vuelta para encontrarme a Rubia Rojiza centrando el objetivo rápidamente. *Mierda*. Sabía que esto iba a pasar.

—Hola, Ethan. Me alegro de verte aquí esta noche. Justo el otro día le pregunté a Ivan por ti.

—Ah, ¿sí? —Asentí con la cabeza y deseé con desesperación recordar su nombre—. ¿Una copa…, esto…? —Miré hacia abajo, me sentí como un gilipollas y deseé estar en cualquier otra parte en ese momento.

—Priscilla.

Bueno, acertaste con la primera letra. Chasqueé los dedos y señalé al techo.

—Eso, Priscilla, ¿quieres una copa? Estoy a punto de volver a la Galería Victoriana. —*Por favor di que no.*

—¡Sí! Me encantaría un Cosmo —dijo entusiasmada, y sus ojos se iluminaron cuando percibió algo de interés por mi parte. Me miró de arriba abajo y me pareció más que incómodo. Esto era algo que había tenido que aguantar de las mujeres durante años. Lo hacía por el sexo, claro. Es decir, ¿quién se va a acostar contigo si no finges al menos que te halaga su interés? Pero, en realidad, no me gustaba, y para mí no había sido más que un juego. Antes de Brynne, muchas de las cosas que hacía eran juegos. *Era un canalla.*

—¿Y qué te dijo Ivan de mí?

—Dijo que estabas muy ocupado con tu trabajo y los Juegos Olímpicos… y con tu nueva novia.

—Ahhh…, bueno, al menos te contó la verdad —contesté, buscando una forma de salir de la sala sin ser cruel—. Sí que tengo novia. —*¡Y necesito alejarme de ti ahora mismo!*

—La he visto antes en la cena. Es muy jovencita, ¿verdad? —Priscilla dio un paso hacia mí y me puso la mano en el brazo; en su voz había suficiente veneno como para matarme.

—No es tan joven. —Di un trago al vodka y recé para que algún milagro me sacase de esa puta situación tan incómoda cuando entró La Cucaracha con Brynne a su lado.

Ahí tienes tu milagro, gilipollas.

—Nena. —Me separé de Priscilla y fui hacia Brynne—. Justo iba a pedir una copa y me he encontrado con… esto…, Priscilla… —¡Hostias, tampoco sabía su apellido! Esto era un asco, y yo ya no tenía la habilidad para manejar esta mierda; tampoco es que la hubiese tenido nunca, pero esto era incómodo de narices.

—Blackstone. —Paul Langley me echó una mirada acusatoria—. Brynne estaba un poco mareada y necesitaba descansar.

Le cogí la mano y la besé.

—¿Estás bien?

—Creo que solo necesito un poco de agua —dijo—. De repente me ha entrado mucho calor y me he sentido rara.

—Ven, quiero que te sientes y te traeré agua. —Pero antes de que me pudiera mover, ahí estaba el bueno de Langley poniendo un vaso de cristal en sus manos. Intenté comunicarme con él telepáticamente. *Ya puedes irte, Langley.*

No funcionó.

—Gracias, Paul. —Brynne le dedicó una sonrisa de agradecimiento y empezó a beber.

—Un placer, reina —ronroneó La Cucaracha.

Joder..., esperaba que te hubieses ido. Langley, que en apariencia era la personificación de los modales, le ofreció la mano a Priscilla y se presentó.

—Paul Langley.

—Priscilla Banks. Encantada de conocerte.

Maravilloso. Ahora ¿podéis iros los dos juntos a echar un polvo en el baño o a criticarnos o algo? Cualquiera de esas cosas sería perfecta, joder.

Para mi buena suerte, sí que se apartaron y entablaron una conversación. Volví a mirar a Brynne y le pregunté:

—¿Te encuentras mejor?

—Sí, mucho. —Miró a Paul y a Priscilla y luego a mí otra vez—. ¿Quién es esa, Ethan? —susurró.

—Una amiga de Ivan.

No se lo estaba creyendo y me echó una mirada que anunciaba cierta condena si no me sinceraba.

—¿Era amiga tuya también?

—En realidad no —repliqué.

—¿Qué significa «en realidad no»?

Hice una pausa, no estaba seguro de cómo llevar esta situación tan desagradable. Un evento público de una organización benéfica no era el lugar, pero no siempre he sabido separar mis pensamientos de lo que sale por mi boca, por lo que seguí adelante de todas formas.

—Significa que salimos juntos una vez y que no somos amigos en ningún sentido de la palabra. No somos amigos como tú y Langley. —Arqueé una ceja.

—Vale. Está bien —dijo ella, mirando pensativa a Priscilla. Acto seguido volvió a dirigir sus ojos hacia mí, antes de terminarse el resto del agua.

Hummm…, así que parecía que estaba dispuesta a dejarlo estar por el momento. Gracias a Dios. Ahora, si nos pudiésemos escapar de La Cucaracha y Rubia Rojiza todo sería perfecto.

—¿Volvemos a la galería? Debes de tener legiones de fans esperando para hablar contigo.

—Claro... —Se rio y negó con la cabeza—. Pero sí, deberíamos volver. Quiero que lady Perceval reciba la atención que se merece esta noche. Ha estado escondida en la oscuridad demasiado tiempo.

Mientras llevaba a Brynne a la Galería Victoriana, no pude evitar pensar que se estaba refiriendo a ella misma metafóricamente con la última parte: *Ha estado escondida en la oscuridad demasiado tiempo.* Me alegró por alguna razón.

En solo un momento, Brynne ya estaba envuelta en otra ronda de entrevistas y yo casi desaparecí en un segundo plano y la dejé a lo suyo. Apenas estaba empezando en su carrera y quería que tuviese éxito por unas cuantas razones. Una, era su sueño, y dos, un buen trabajo en su campo la mantendría en Londres conmigo. Yo estaba tan motivado como mi chica.

—¿Disfrutando del espectáculo? —La voz de Ivan en mi hombro.

—Me alegro de que hayas podido venir esta noche. Nos preguntábamos si nos honrarías con tu presencia. Brynne quiere presentarte a su amiga. —Miré alrededor buscando a Gabrielle con su vestido verde pero no la vi.

—Parece que Brynne está muy ocupada ahora mismo. —Miró a mi chica con admiración—. Tal vez después.

—Mira, Ivan, hoy me han mandado una seudoamenaza a mi oficina. No estoy demasiado preocupado pero quiero que sepas los detalles. —Le entregué el sobre de las fotos, que me había traído puesto que sabía que vendría. Siempre había creído que todo el mundo debía conocer las amenazas que existen hacia ellos, por muy insignificantes que sean. Los locos nunca parecen recuperarse, así que todo el mundo merece saber lo que puede que sea un problema potencial en el futuro.

Ivan y yo habíamos hecho esto muchas veces, así que no era nada nuevo. Él gruñó al ver las fotos mientras las ojeaba y un minuto después me devolvió todo el taco.

—Gracias, E, por estar atento. Estoy seguro de que todo se calmará cuando las Olimpiadas no sean más que un recuerdo. —Miró la bebida que yo sostenía—. Al menos, puedo tener esa esperanza, ¿verdad?

—Es lo único que podemos hacer, tío. —Asentí con la cabeza y le di una palmadita en la espalda con una mano.

—Necesito tomarme algo parecido a lo que te estás tomando tú. —Me dijo adiós con la mano y se fue a la barra.

Mantuve el vodka unos cuantos minutos más antes de decidir que un cigarrillo me vendría de perlas. Brynne aún estaba demasiado ocupada como para interrumpirla, así que busqué a Neil y le expliqué adónde iba. Localicé una puerta de salida a nivel de la calle, la dejé abierta solo lo justo para poder volver a entrar por donde había salido y me recibió la fresca y fría noche.

El clavo sabía tan bien que creo que me empalmé un poco. Solo unas horitas más y estaríamos saliendo de Londres y tendría a Brynne toda para mí. Los sonidos y las luces de la ciudad eran un consuelo arremolinados con el humo perfumado que me envolvía como una capa. Mientras me hallaba allí de pie dándome el capricho de otro cigarrillo y cavando a su vez mi propia tumba, me preguntaba cómo podría dejar el tabaco del todo. Lo cierto era que estaba intentando limitar mi consumo, pero llevaba haciéndolo mucho tiempo y no sabía cómo dejarlo por completo. La adicción era un poderoso componente del cuerpo y el espíritu. Y el ritual de fumar me tenía más enganchado que la nicotina en sí. Supuse que necesitaba algo de ayuda profesional y tiempo para enfrentarme a esa realidad, así como a algunas otras.

Noté la vibración contra mi pecho y me dio un susto porque tardé un momento en darme cuenta de lo que era: el móvil viejo de Brynne en el bolsillo frontal de mi chaqueta. La cosa había estado en silencio tanto tiempo que casi me había olvidado de traerlo esta noche, pero seguía cargándolo y encendiéndolo por costumbre.

Lo saqué y vi la alerta de mensaje multimedia. Eso significaba que era una foto. Sentí cómo me iba tensando y la aterradora cuchilla del miedo me rajó las entrañas. Le di a *abrir* y traté de respirar.

ArmyOps le ha mandado a Brynne un vídeo en Spotify.

¡Oh, joder, no! Esto *no* está pasando en este momento. Pulsé *aceptar* consciente de que era un error, pero estaba obligado a mirar. El profesional en mí tenía que ver exactamente lo que era. Reconocí la canción en el instante en que empezó a sonar. *Closer*, de Nine Inch Nails. La misma que utilizaron en el vídeo con Brynne. La dejé terminar porque tenía que hacerlo, pero la canción me puso enfermo. Y solo era el videoclip oficial, no el de Brynne.

Gracias a Dios.

Imágenes de un mono en una cruz, la cabeza de un cerdo girando en algo, Trent Reznor con una máscara de cuero balanceándose en unos grilletes, una bola puesta en la boca como mordaza y un diagrama médico del sexo femenino…

Aguanté la respiración en el momento en que terminó y me quedé mirando a la pantalla. ¿Army-Ops? ¿Quién coño había mandado esto? ¿Oakley? La información que tenía sobre él era del todo fiable. Lance Oakley estaba en Irak y no iba a ir a ninguna parte pronto, a no ser que fuese metido en una bolsa para cadáveres de vuelta a San Francisco si tenía esa suerte. Podría pasar, pensé.

El mensaje llegó un momento después: Brynne, ayúdame; me he destrozado las entrañas. Brynne, ayúdame; no tengo alma que vender. Brynne, ayúdame a escapar de mí mismo. Brynne, ayúdame a destrozar mi razón. Brynne, ayúdame a ser otra persona. Brynne, AYÚDAME!!

Definitivamente me temblaron los dedos al contestar a esas extrañas palabras: Quién eres y q quieres d mí?

La respuesta fue instantánea: De ti no, Blackstone. Quiero a Brynne. Apaga el cigarrillo y vuelve dentro a darle mi mensaje.

Mi cabeza se despejó de golpe y escudriñé el perímetro y luego los tejados. ¡¿Este hijo de puta me estaba vigilando ahora mismo?! No creo que me hubiese movido tan rápido en mi vida, pero tenía un propósito y solo uno: encontrar a Brynne y sacarla de ahí cagando leches.

Me agaché para volver a entrar y me puse a correr. Llamé a Neil con el manos libres y le dije de forma resumida que dejara lo que estuviera haciendo en ese instante.

—La seguridad del edificio acaba de recibir una amenaza de bomba. Van a evacuar las instalaciones, E.

¿Qué? Mi mente daba vueltas intentando hacer conexiones pero no había tiempo para jugar a ser Sherlock.

—¡Vigila a Brynne y espérame! —espeté.

Neil hizo una pausa antes de responder. Mala señal.

—¡*No* me jodas que no la estás vigilando ahora mismo!

—Creo que ha ido al baño, y un empleado se me ha acercado… Voy ahora mismo a buscarla.

—¡Joder!

Cambié de dirección y saltó el sistema de alarma. Realmente muy alto. Todas las salidas se iluminaron y las puertas empezaron a abrirse. Gabrielle apareció por una puerta justo delante de mí y corría como si estuviese en una carrera, lo cual era extraordinario teniendo en cuenta los tacones que se había puesto esta noche. Su pelo estaba completamente descolocado al igual que su vestido verde mientras escapaba.

Pero no tenía tiempo de preguntar qué le había pasado; debía encontrar a mi chica. Escuché unos fuertes pasos detrás de mí y me di la vuelta. Ivan. No tenía mucho mejor aspecto que Gabrielle, con el pelo alborotado y la camisa a medio meter. Me pregunté si habrían estado juntos ahí detrás… *¡En serio, no tengo tiempo para esto!*

—Amenaza de bomba. Eso es lo que pasa.
—Hice un gesto hacia las luces parpadeantes—.
Están evacuando a todo el mundo.

—¡¿Estás de puta coña?! ¡¿Todo esto es por
mí?! —exclamó Ivan.

—No conozco los detalles. Estaba fuera fu-
mándome un cigarro cuando saltó la alarma. Neil
ha dicho que la seguridad interna ha recibido una
amenaza de bomba y que lo van a cerrar todo.
Lo averiguaremos después. ¡Ahora sal de aquí
cagando leches!

Dejé a Ivan y corrí hacia la Galería Victoriana. El lugar era una completa aglomeración de
locura. La gente gritaba y corría presa del pánico.
Como yo.

¡Brynne, ¿dónde estás?!

Busqué un destello violeta entre la multitud
pero no lo vi. Y se me cayó el alma a los pies.

—¿La tienes? —Volví a llamar a Neil con el
manos libres.

—Todavía no. He registrado dos aseos diferentes en ese piso. Vacíos. Le he dicho a Elaina
que la traiga si la ve de camino a la calle, adonde
están conduciendo a la gente en manada. Seguí-
ré buscando.

326

En mi desesperación creo que habría hecho un trato con el mismo diablo solo para poder encontrar a mi chica sana y salva. Me dirigí de vuelta al ala donde estaba expuesta lady Perceval, esperando que me pudiera ofrecer una pista. Recordé que Brynne dijo algo de un cuarto interior donde había estado ayudando cuando trasladaron a lady Perceval del Rothvale hasta aquí para la exposición de esta noche. Busqué una puerta y ahí estaba, a menos de tres metros, camuflada en la pared, con un cartelito de «Privado» pegado a ella.

¡Bingo!

Giré el picaporte y la empujé para entrar a una gran sala de trabajo que tenía más puertas; en una de ellas ponía «Aseos».

—¡¿Brynne?! —grité su nombre y le di un golpe fuerte a la puerta con la mano. Intenté abrir pero estaba cerrada con llave.

—Estoy aquí —Llegó una respuesta débil, pero, gracias al cielo, ¡era ella!

—¡Nena! Gracias a Dios… —Intenté abrir otra vez—. Déjame pasar. ¡Tenemos que irnos!

El seguro de la puerta hizo clic y no perdí un segundo en abrir de un tirón la última barrera que nos separaba a mi chica y a mí. La habría arrancado y tirado abajo si hubiese podido.

Ella estaba ahí de pie con su precioso vestido violeta, pálida, con la mano sobre la boca y el sudor salpicándole la frente. ¡Ahora mismo el color más bonito del maldito mundo! No creo que olvide nunca cómo me sentí en ese momento. El profundo alivio al encontrarla casi hizo que me pusiera de rodillas en señal de agradecimiento.

—¿Qué pasa con la alarma de incendios? —inquirió.

—¿Estás bien? —La estreché entre mis brazos pero ella me puso la mano en el pecho para mantener las distancias.

—Acabo de vomitar, Ethan. No te acerques demasiado. —Mantuvo una mano sobre la boca—. No sé lo que me pasa. Menos mal que me he acordado de que este baño estaba tan cerca. Estaba aquí dentro agachada encima del váter y entonces saltaron las alarmas…

—Oh, nena. —Le besé la frente—. ¡Nos tenemos que ir *ya!* No es un incendio, sino una amenaza de bomba. —Le cogí la otra mano y empecé a tirar—. ¿Puedes andar?

Su cara palideció aún más pero de algún modo se reanimó.

—¡Sí!

Hice una llamada a Neil mientras salíamos del edificio.

La adrenalina tiene increíbles poderes en el cuerpo humano. Hay muchas pequeñas cosas por las que estar agradecido, pero la más grande de todas se encontraba a salvo en mis brazos.

Las últimas horas habían sido un completo caos. Cavilé sobre lo que había sucedido mientras conducía de noche. Cambio de planes, lo había decidido en cuanto llegamos a casa. Llamé a Hannah y le dije que íbamos a salir para Somerset esa misma noche. Pareció sorprendida pero dijo que se alegraba de que llegáramos antes y que la casa estaría abierta para que pudiésemos entrar cuando llegáramos.

Brynne fue un hueso más duro de roer. No se encontraba bien por una parte y además estaba preocupada por la amenaza de bomba y por todos los cuadros. Hasta ahora no había habido ninguna explosión, pero todo este lío estaba en todos y cada uno de los canales de noticias y lo catalogaban como un posible atentado terrorista. Yo haría que mi gente investigase la amenaza de bomba como una medida obligatoria, pero lo que más me preocupaba eran los mensajes a su móvil de esta noche. Quienquiera que los mandara estaba cerca. Tan cerca como para verme fumando detrás de la Galería Nacional. Y si se encontraba lo suficientemente cerca para eso, entonces estaba demasiado cerca de mi chica. Tampoco podía apenas entender el mensaje, solo era la letra de la canción escrita con el nombre de Brynne intercalado. Me daba escalofríos, y tomar la decisión de sacarla de la ciudad fue muy fácil.

La observé cómo dormía en el asiento delantero; tenía la cabeza inclinada contra la almohada que se había traído. La saqué a toda prisa de la ciudad, y sabía que tendría que explicárselo más tarde, pero afortunadamente no estaba de humor para cuestionarme y había accedido a todo. Nos cambiamos de ropa, cogí las maletas y salí a la M-4 para conducir durante tres o cuatro horas hasta la costa.

Aproximadamente a las dos horas de viaje se despertó con una pregunta directa.

—Entonces ¿me vas a decir por qué me has sacado a rastras de la ciudad esta noche cuando el plan desde hace semanas era irnos por la mañana?

—No quiero decírtelo porque saberlo no será agradable para ti y ya te encuentras lo bastante mal. —Le cogí la mano—. ¿Podemos esperar hasta mañana para hablar de ello?

Negó con la cabeza.

—No.

—Nena..., por favor, estás agotada y...

—Recuerda nuestro trato, Ethan —me cortó—. Tengo que saberlo todo o no puedo confiar en ti.

El tono de su voz era muy serio y me aterró. Oh, recordaba nuestro trato muy bien y no me gustaba nada lo que sabía. Pero también era consciente de lo que había acordado con Brynne. Y si ocultarle información nos separaba, entonces el precio no valía la pena para mí.

—Sí, recuerdo nuestro trato. —Saqué su móvil del bolsillo—. Llegó un mensaje a tu móvil mientras estaba en la parte de atrás fumando. Por eso no sabía dónde te encontrabas. Salí un momento y la amenaza de bomba ocurrió casi al mismo tiempo que ese mensaje de texto en tu móvil.

Alargó su mano temblorosa y me lo quitó.

—Ethan, ¿qué es?

—Primero un videoclip y luego un mensaje de texto de alguien que se hace llamar ArmyOps. —Le puse la mano en el brazo—. No tienes que escucharlo. De verdad que no…

Su cara estaba totalmente asolada por el miedo, pero hizo la pregunta de todas formas:

—¿Es… el vídeo…, es el… mío?

—¡No! Solo es el videoclip de la canción de Nine Inch Nails… Mira, ¡no tienes que hacer esto, Brynne!

—¡Sí! ¡Este mensaje es para mí! ¿No? —Asentí con la cabeza—. Y si no estuviésemos juntos me lo habrían mandado de todas formas, ¿verdad?

—Supongo. Pero *estamos* juntos y quiero evitar que tengas que preocuparte por esta mierda. Me mata, Brynne. ¡Me mata verte así, joder!

Se puso a llorar. Era el tipo de llanto silencioso. Tal y como solía hacer, pero de algún modo el silencio de sus lágrimas parecía un terrible estruendo que se erigía entre nosotros en el coche.

—Esa es una de las razones por las que te quiero, Ethan. —Se sorbió la nariz—. Quieres protegerme porque te importo de verdad.

—Me importas, nena. Te quiero mucho. No quiero que tengas que ver esa mier…

Pulsó *empezar* y la canción resonó cuando reprodujo el vídeo. La observé y aguanté la respiración.

Brynne mantuvo la compostura durante todo el vídeo, lo vio hasta el amargo final, con toda esa temática de mierda de científico loco. Pero no obtuve ningún indicio de cómo se sentía al verlo. Al menos no en apariencia. No podía saberlo.

Aunque sabía cómo me sentía yo al verla a ella. Totalmente impotente.

Entonces llegó a la parte del mensaje de texto.

—¿Estaba allí? ¡¿Viéndote fumar?! ¡Oh, mierda! —Se tapó la boca con la mano otra vez y le dieron arcadas—. ¡Para!

¡Joder! Desafié las leyes de la física y la carretera y de algún modo conseguí apartarme a un lado. En el instante en que los neumáticos se detuvieron, abrió la puerta y se puso a vomitar en los arbustos. Le aparté el pelo y le froté la espalda. *¿Podía esta noche seguir empeorando?*

—¿Qué demonios me pasa? —jadeó—. ¿Puedes traerme una servilleta o algo?

Saqué unas toallitas de la guantera y cogí una botella de agua para que se pudiera enjuagar. Y mantuve la boca cerrada, completamente seguro de que todo esto era surrealista. Esto no podía estar pasando ahora mismo.

—Ya estoy mejor —dijo resoplando—. Sea lo que sea lo que me ha sucedido esta noche parece que ya se me ha pasado. —Se enderezó despacio y levantó la cabeza hacia el cielo nocturno—. ¡Dios!

—Lo siento, nena. Estás enferma y te he traído a rastras a un viaje en coche cuando todo está tan jodido...

—Pero estás aquí conmigo —espetó—, y me vas a ayudar con lo que quiera que sea esa mierda de mi teléfono, ¿no? —Me miró fijamente, sus ojos aún vidriosos, su pecho todavía jadeante de haber estado vomitando a la intemperie, y absolutamente increíble para mí por su valentía.

—Sí, Brynne. —Di el par de pasos que nos separaban y la acerqué a mí. Se acomodó entre mis brazos y apoyó la mejilla en mi pecho—. Voy a estar siempre contigo para mantenerte a salvo. Lo he apostado todo, ¿recuerdas?

Ella asintió con la cabeza.

—Yo también lo he apostado todo, Ethan.

—Bien. Todo saldrá bien, nena. —Le froté la espalda arriba y abajo y noté cómo se relajaba un poco.

—Sí que me encuentro mejor…, aunque huela a vómito —dijo—. Lo siento.

—Está bien que te encuentres mejor. Y solo hueles un poco a vómito. —La besé en la cabeza y ella me estrujó por las costillas—. Pero tenemos que apartarnos del borde de la carretera. No falta mucho y quiero que te metas en la cama para que puedas descansar. Freddy es médico. Puede examinarte mañana después de que hayas descansado.

—Está bien. Menuda noche, ¿eh?

—Es muy divertido salir contigo, señorita Bennett. —La dejé en su asiento—. Aunque no sé si prefiero quedarme en casa a salir contigo. —La besé en la frente antes de cerrar la puerta.

Se rio y me alegré de poder hacerla sonreír después del desastre de noche que habíamos pasado.

—¿Hueles el océano? —pregunté cuando habíamos avanzado un poco más hacia la costa.

—Sí. Me recuerda a mi casa. Crecí con el olor del mar. —Miró por la ventanilla—. Háblame de Hannah y su familia.

Me pregunté si el hecho de que le recordara a su casa era un recuerdo triste que le acababa de traer a la cabeza, pero decidí no entrometerme. Quizá en otro momento.

—Bueno, Hannah tiene cinco años más que yo y es mandona a más no poder, pero quiere mucho a su hermanito. Estamos muy unidos…, probablemente por haber perdido a nuestra madre a una edad tan temprana. Todos nos mantuvimos muy unidos cuando se nos fue. Nuestro padre, Hannah y yo.

—Suena muy bonito, Ethan, lo mucho que cuidáis los unos de los otros.

—Estoy deseando que te conozcan. Freddy es un buen tío. Es médico, como te he dicho antes, y tiene una consulta en el pueblo, en Kilve. Su casa se llama *Halborough* y es una antigua propiedad de la familia de Freddy, los Greymont. Estas casas grandes que son parte del patrimonio histórico son difíciles de mantener, así que la han convertido en una casa rural de semilujo que lleva mi hermana, además de criar a tres niños fabulosos.

—¿Cómo se llaman y cuántos años tienen?

—Colin cumplirá trece en noviembre. Jordan acaba de cumplir once, y mi princesa de las hadas, la pequeña Zara, fue una gran sorpresa para todos cuando llegó hace solo cinco años.

—No pude evitar sonreír de oreja a oreja al pensar en Zara. Las niñas pequeñas eran mi debilidad—. Es muy especial, te lo aseguro. Esa señorita les da mil vueltas a sus hermanos.

—Entonces estoy deseando conocer a Zara. Es bueno ver a una mujer que puede controlar a todos los hombres de su vida, y además a una edad tan temprana.

—Bueno, tendrás la oportunidad por la mañana, porque ya hemos llegado.

Aparqué en el camino de gravilla de la entrada, que, con su forma de medio círculo, llegaba hasta la casa georgiana de piedra de color claro. Combinaba una serie de influencias arquitectónicas después de las diversas reformas que había sufrido a través de los siglos. Las ventanas y los elementos góticos le otorgaban un buen toque si te gustaba lo histórico. Seguía siendo una casa muy bonita en la costa; nada mal para tratarse de una casita junto al mar. Siempre me partía de risa con eso. Según Freddy, *Halborough* había sido la casita de verano de su familia hacía doscientos años, cuando necesitaban alejarse de la ciudad. Si esto era una casita, entonces ¿qué consideraba esa gente una casa?

—Dios, Ethan, esto es increíble. —Miró hacia arriba a la fachada y pareció debidamente impresionada—. Es preciosa y estoy deseando que me la enseñes.

—Mañana. —Saqué nuestras maletas de la parte de atrás y cerré el coche—. Es hora de meterse en la cama. Necesitas dormir.

Me siguió hasta la puerta de la entrada lateral, que estaba abierta, tal y como Hannah me había prometido.

—Lo que necesito es una ducha —murmuró detrás de mí.

—Puedes darte un baño si quieres. Las habitaciones están muy equipadas —susurré mientras la conducía hacia arriba por la escalera principal. Tenía claro la suite que quería para nosotros cuando llamé a Hannah. La azul de la esquina del ala oeste, con vistas al océano e incluso de la costa galesa, al otro lado de la bahía.

Brynne se quedó impresionada cuando abrí la puerta y la hice pasar. Lo podía ver en su cara. Creo que se quedó sin palabras cuando sus ojos recorrieron la habitación.

—¡Ethan! Esto es… simplemente impresionante. —Me sonrió y parecía muy contenta—.
Gracias por traerme aquí. —Pero entonces miró
hacia abajo y negó ligeramente con la cabeza—.
Siento que esta noche haya sido un desastre.

—Ven aquí, nena. —Extendí los brazos y
esperé a que se acercara.

Ella prácticamente me saltó encima y yo la
recogí, dejando que me rodeara con las piernas
de esa manera que tanto me gustaba. Traté de besarla en los labios pero se giró y me mostró el
cuello en su lugar.

—Necesito darme una ducha y lavarme los
dientes antes de que hagamos nada —farfulló contra mi oreja.

—No vamos a hacer nada. Vas a dormir después de darte la ducha o el baño o lo que te ape-
tezca darte.

—Eh. —Levantó la cabeza y me echó una
mirada—. ¿Me estás negando tu cuerpo, señor
Blackstone?

No tengo ninguna duda de que eso era lo
último que esperaba que me preguntara.

—Esto…, por qué…, eh…, no, señorita
Bennett. Nunca haría algo tan estúpido como

negarte mi cuerpo si es tan obvio que mueres por él.

—Bien, porque ya me encuentro mucho mejor. *Mucho* mejor… —Me cogió la cara con las dos manos y esbozó una sonrisa preciosa.

—Ahhh, ya veo que sí. —Se pegó a mi sexo y enrolló las piernas a mi alrededor, acercándonos más.

—Y *noto* que tú estás completamente de acuerdo con mi plan, señor Blackstone.

Bueno, por supuesto que lo estoy cuando tengo tus piernas alrededor de mi culo y la polla contra una parte muy bonita tuya.

Caminé hasta el baño con cuidado y la dejé de pie en el suelo. Encontré el interruptor de la luz y disfruté de su segundo grito ahogado cuando vio la bañera y las vistas.

—¿Eso que se ve por la ventana es el mar? ¡Dios mío! Esto es tan hermoso que no lo puedo soportar.

Me reí.

—Ahora ya no estoy tan seguro de si estás más interesada en esa bañera o en violarme.

—Pero puedo hacer varias cosas a la vez igual de bien que tú, amor —dijo, al tiempo que se quitaba la sudadera por encima de la cabeza y la dejaba caer.

—¿Te he dicho alguna vez lo mucho que me gusta que me llames amor?

Su *striptease* iba a ser tan bueno que notaba cómo empezaba a bullir mi cuerpo.

—Puede que me lo hayas dicho una vez o dos.

Se quitó la camiseta y ahí es cuando lo vi.

—Te has dejado el collar.

Asintió con la cabeza, ahí de pie con un sujetador azul de encaje y el colgante en forma de corazón que yo le había regalado al comienzo de nuestra velada infernal.

—Cuando nos cambiamos de ropa no quise quitármelo. —Me miró a los ojos y toqueteó el corazón.

—¿Por qué? —pregunté.

—Porque me lo regalaste tú, y me dijiste que me querías y…

—No quiero que te lo quites —espeté en mitad de su frase.

—… porque dijiste que lo apostabas todo.

—Lo hago. Contigo, Brynne, lo hago, y lo he hecho desde el principio.

Y decía en serio cada palabra. Sabía lo que quería. Lo entendía perfectamente y ya no había vuelta atrás con ella.

Lo apuesto todo para siempre, nena...

Cuando acaricié a mi chica para demostrarle lo mucho que de verdad la necesitaba y a continuación se lo dije con palabras, supe que la mejor apuesta de mi vida no me la había jugado a las cartas, sino aquella noche en una calle de Londres, cuando una preciosa chica americana intentó alejarse en la oscuridad y yo jugué la mano más importante de mi vida, y lo aposté... todo.

Fin

Agradecimientos

Esta pequeña historia titulada El affaire Blackstone ha tomado vida propia en los últimos meses. Ha crecido hasta el punto de convertirse en algo que nunca imaginé que sucedería cuando me senté aquella tarde de verano justo antes de que empezaran los Juegos Olímpicos de Londres y comencé a escribir sobre una modelo estadounidense de desnudos y sobre el hombre inglés que compraba su retrato. Esa pequeña historia sin lugar a dudas ha cambiado mi vida y lo que voy a hacer con mis días de ahora en adelante a tiempo completo. Ahora soy escritora. Puedo decirlo y sé que es realmente cierto.

Sé a quién le tengo que dar las gracias.

A todas las fans de El affaire Blackstone que lo han puesto por las nubes en sus blogs y en sus clubes de lectura y que se lo han recomendado a sus compañeras de trabajo, amigas, hermanas, madres, abuelas y hasta a algunos maridos, os estoy eternamente agradecida. Chicas, es únicamente gracias a vosotras que esta historia despegó y voló. GRACIAS desde lo más profundo de mi corazón.

A todas las blogueras que se hicieron con la prepublicación, se la leyeron y dieron su opinión, OS ADORO. Sois la razón por la que ahora puedo quedarme en casa y ser escritora a tiempo completo.

Mientras escribía esta segunda parte de la trilogía me enfrenté a nuevos retos. *Todo o nada* es el relato de Ethan. Es la historia de un hombre británico y, aunque sabía que quería escribir el libro así, no tenía ni idea de lo que eso significaba hasta que me puse a ello. Pero ¿sabéis qué? ¡Aprendí rápido! No olvidemos que soy americana. *Risas*. Por lo que se lo dedico a Gitte y Jenny de TotallyBooked; os estoy enormemente agradecida por vuestros consejos y por vuestro perfecto conocimiento del inglés de la Reina y del no tan adecuado *slang* británico que tanto he usado en esta historia. *Guiño*. ¡Nunca lo habría conseguido sin vuestra ayuda!

Ahora estoy trabajando en la entrega final de la serie, *Sorprendida*, que espero tener en la primavera de 2013. Faltan muchas cosas por ocurrirles a Ethan y Brynne, por lo que puedes visitar mi blog para ver los avances de la tercera parte de El affaire Blackstone.

Al final de este libro te espera un regalito y quiero que te asegures de leerlo. No te arrepentirás. Es un pequeño texto de *fanfiction* escrito por mi gran amiga, Franziska Popp. Ella tiene el don de escribir desde la voz de los animales, lo que a mí y a muchas otras personas en Facebook nos entretiene muchísimo, sobre todo la voz de un hurón adorable y muy especial que gusta a muchísimos fans y que debería tener su propio programa de televisión. Ella hace todo esto por mera diversión y a mí me resulta increíble, ya que su lengua materna no es el inglés, sino el alemán. Así que espero que disfrutéis de esta historia tan especial de Ethan y Brynne a través de los ojos de *Simba,* el pez león. «De nada». *Guiño de ojo*.

Os gustará saber que además estoy trabajando en el borrador de un *spin-off: El legado Rothvale.* Esta obra nos hará avanzar por la historia de dos personajes muy especiales que se presentaron en El affaire Blackstone pero sin perder de vista por otro lado a nuestros protagonistas, para que no les echéis demasiado de menos. A saber adónde nos llevará en el futuro. Esa es la magia de la palabra escrita.

RAINE

En palabras de Simba

Otra vez lo mismo. El que habla con los peces por fin está en casa. Yo cruzaría las aletas delante de mi pecho, pero ¿holaaaaaaaa? Soy un pez. En su lugar estoy haciendo lo que mejor sé hacer: estoy flotando por el océano. Un océano con paredes transparentes. Mejor que la bolsa de plástico que utilizó para traerme a este apartamento, un apartamento que no podía ser más solitario, debo añadir. Incluso mi falso océano parece más cómodo y sí, él probablemente cree que no noto la diferencia. Por supuesto que lo hago.

Estoy nadando más cerca de la pared de cristal cuando Ethan Blackstone, cuyo apellido significa PIEDRA-NEGRA, entra y me pregunto si es pariente de mi piedra favorita de mi falso océano. Hay muchas piedras, pero cada uno de los peces que estamos aquí necesitamos una. Igual que este humano precisa un cigarrillo ahora mismo.

Mis aletas revolotean, me pregunto por qué no me ha dicho nada. Normalmente por lo menos me dice: «Hola, tío» o «¿Cómo te ha ido el día, *Simba*?».

Ojalá pudiese poner los ojos en blanco. Lo sé, en realidad me puso *Simba* por *El Rey León*. Y ni siquiera me proporcionó una *Nala*. No.

¿Por dónde iba? Es verdad, gracias. Lo estaba mirando, en su silla, en su enorme escritorio, y luego lo escucho decir:

—Estoy muy jodido, *Simba*. He conocido a una chica, y créeme cuando te digo que estoy bien jodido.

¿Jodido? ¿Él? No me digas… ¿Quién está viviendo en un océano con paredes a su alrededor? Sí, el pez león. Ese soy yo. Me señalaría a mí mismo, pero, como todos recordaréis, solo soy un pez. Observo a Ethan reclinarse en la silla, sus ojos fijos en el techo mientras farfulla, una y otra vez, que está jodido. Pone los pies en la mesa. Yo también necesito una mesa. Entonces sí que podría aprovechar mi tiempo mucho mejor. Podría escribir listas de cosas que hacer para todos los demás peces de aquí. Especialmente para ese de ahí. El de la izquierda… Izquierda. Has mirado a la derecha. ¿Qué eres? ¿Una hembra?

Entonces, a propósito de hembras… Porque unos días después una hembra humana entró en el despacho. Un momento. Esto nunca había pasado antes. ¡¡¡Ayuda!!! ¡¡¡Ayuda!!! Me va a comer, lo presiento. Parece hambrienta, lo juro. Puedo verlo en sus ojos. He visto documentales sobre tiburones, sé de lo que hablo, ¿vale?

Mientras hago un despliegue de aletas multicolores (mi intento de asustarla), sigo gritando internamente mi S.O.S. Sí, lo sé, ser un pez es un asco. Ni siquiera puedo usar el teléfono y llamar a Neil para que me ayude. Intento no dejarme llevar por el pánico hasta que, sí, hasta que me llama… *cosita linda*. Cosita linda. El susto que casi hace que me dé algo ha sido reemplazado de repente por dos corazones ❤❤ en mis ojitos de pez (estoy seguro de que ella los puede ver). Ahora revoloteo las aletas para que se acerque, sé que he encontrado a mi Nala.

Unos pocos minutos, horas, días, semanas más tarde —solamente soy un pez y no podéis esperar que sepa cuánto tiempo pasó—, solo sé que no vi a esa preciosa hembra de nuevo. Sus ojos eran igualitos que el acuario donde vivo. De colores muy vivos y siempre cambiantes según la luz. Camino de un lado para otro (es decir, nado) durante días delante de la pared de cristal, espero a que vuelva a entrar en el despacho en algún momento. Pero… nada.

Y entonces…, por fin…, la puerta del despacho se abre una vez más. Agito las aletas entusiasmado, me muevo con todo mi potencial, todo lo que me enseñaron cuando aún era un bebé pez y antes de que hiciese lo que *Nemo*. ¡Gracias a Dios que no acabé con un dentista! ¿Quién quiere escuchar ruidos de dentista durante todo el día? Me entran escalofríos por dentro, y, os lo aseguro, no es nada bueno, antes de volver a concentrarme en la puerta.

Apenas puedo controlar la emoción y es…, es… Ethan. Agacho las aletas como las cabezas de los niños cuando no les dan helado. Mientras miro a Ethan acercarse a la mesa en busca de algo, me doy cuenta, además de su obvia determinación, de que está triste. No puede estar triste. No me gusta que esté triste. Es Ethan Blackstone, un pariente de mi piedra favorita de aquí. ¿Qué demonios marinos le ha podido pasar para que parezca que necesite dos toneladas de krill?

Mmmmmmmmmmmm, krill.

Sigo observándolo, intento atraer su atención, hacer que me hable. A Ethan le gusta hablarme, y a mí me gusta escuchar; no es que no quiera contestar, pero sí, lo habéis adivinado, sigo siendo un pez. Una cosita linda (me pregunto si un pez puede ruborizarse al recordar las palabras de la chica guapa) y un pez león. TENGO que verla otra vez. No hay otra salida. *Nemo* el pez payaso parecería un aficionado comparado conmigo. Voy a emprender una misión aún más grande. ¡Humanidad, ALLÁ VOY! No a conquistar el mundo. No. Eso lo podría hacer cualquiera, yo tengo aspiraciones más altas en la vida. Voy a…

¡¡¡UN KRILL!!! ¡Santo Neptuno, Ethan me quiere!

Devoro el krill de formas perfectas, juego a ser un tiburón por un segundo… Jo, debería haber nacido tiburón. ¡Imaginadme de tiburón! Sería aterrador y podría asustar a todos los demás peces de aquí. Vaaaaaaale, no cabría en esta cajita llena del agua más maravillosa del mundo. Podría ser un tiburón como Peter Pan. Nunca crecería. Sí, soy el pez más listo DEL MUNDO. Hazme caso. He hecho una encuesta y yo y mi yo interior estamos de acuerdo conmigo mismo. Bueno, bueno, bueno…, al menos Freud lo aprobaría.

Me estoy terminando esta delicia y me doy cuenta de que Ethan aún me está mirando, veo que no anda con la chica guapa.

¿POR QUÉ NO?

Yo nadaría a su alrededor día y noche. Ella es especial, lo noto en las aletas. Y mis aletas nunca me han fallado. Pero entonces Ethan se pone a hablar y creo que mi corazón deja de latir.

—Ella te adora, *Simba*.

¡¿EN SERIO?! Me adora. Guau. Me doy la vuelta cuando escucho a uno de los otros peces decirme algo con una burbuja que sonó a: «EN SERIE, eres un asesino en serie».

Ahora escucho voces. Asiento con la cabeza, sé que no tengo cabeza para hacer eso, utilizo todo mi cuerpo

Sí, dile lo que quieras, Blackstone, pero tráela otra vez aquí conmigo…, eh…, con nosotros.

No pasa mucho tiempo hasta que por fin escucho su hermosa voz otra vez. Ha vuelto. Bien. Ya he tenido que convivir con Ethan el zombi lo suficiente. Siempre esperaba a que *Thriller* sonara de fondo cuando lo veía moverse por el mundo exterior de mi acuario. De verdad que debería haber sido su canción.

Se acerca la medianoche y algo malvado acecha en la oscuridad.

Bajo la luz de la luna, ves algo que casi te para el corazón.

Intentas gritar pero el terror atrapa el sonido antes de que lo hagas.

Te empiezas a helar cuando el horror te mira directamente a los ojos.

Estás paralizado.

Paralizado. Estoy seguro de que muy pronto estaré paralizado.

En mitad de la noche, cuando los peces están intentando dormir, Ethan decide hablar con alguien. A veces me pregunto por qué estoy en el despacho. Vale, es increíble. Veo y escucho casi todo. Pero necesito mi sueño reparador. No soy así de guapo sin esforzarme. No soy Brynne, ¿vale? Ella ES preciosa. Pero, por supuesto, Ethan también se ha dado cuenta de eso.

Es tan injusto... Él puede nadar fuera todo lo que quiera y yo me tengo que quedar aquí dentro. ¡Y los humanos se preguntan por qué Pinky quiere conquistar el mundo! ¡Hola, un animal enjaulado! La libertad evita que pienses cosas así, ¿no es cierto?

Suspiro para mí mismo, miro cómo flota una burbuja en la superficie mientras me acerco nadando, ahora me concentro totalmente en el señor Blackstone. Personalmente, no quisiera tenerlo como enemigo. Imaginad..., sin krill. Me moriría. ¡MORIRÍA! Como aquí mismo y en este momento. Y estoy bastante seguro de que Neptuno no querría que me sucediera eso. Soy demasiado guapo para eso..., lo ha dicho Brynne. Sí.

Revoloteo con mis aletas, mientras recuerdo el sentimiento de cuando me sonrió... Sí..., entiendo por qué Ethan va a hacer todo lo que esté en su mano para que se quede con él. Lo que significa que tengo que cambiar mis planes...

¿Por qué dice Ethan que la va a *proteger*? ¿Se encuentra mi Brynne en peligro? Es una orca,

¿verdad? Son superpeligrosas. Que se lo pregunten a las focas. ESPERA. ¿Qué? Ella también te quiere. Guau, necesito un guante para tirárselo a la cara. ¿Por qué no tengo MANOS? Con la falta que me hacen ahora mismo...

Aún tengo los ojos como platos cuando la oscuridad se asienta en mi mundo. ¡Diablos marinos, siempre se las arreglan para darme sueño con este movimiento suyo y las luces! Espera a que yo consiga un botón... Voy a... cerrar los ojos ahora.

Un nuevo día, una nueva vida. Vale, ha pasado un poco más de tiempo y hoy el apartamento está completamente lleno de gente. Ethan les está enseñando un Power Point y dice un montón de palabras a las que no les encuentro mucho sentido. ¿Y a que no sabéis qué? Acabo de conocer a Gaby. ¡Su PELO! Hacemos juego. La miro desesperadamente cuando veo que se marcha. ¡¡¡¡No te vayaaaaaaaaaaas!!!!

Los últimos días me he dado cuenta de que Brynne también quiere a Ethan. Y una vez oí que si quieres a alguien tienes que dejarle ir.

Suspiro, y agacho ligeramente las aletas, sí, también estoy triste. PERO ahora tengo a Gaby.

Llamadme Don Juan, pero voy a conseguir a Gabrielle para mí solo. Incluso compartiría mi piedra con ella, y el krill que Ethan me diera. Podríamos vivir una vida marina larga y superfeliz, llena de aventuras.

De hecho, el otro día encontré un sitio nuevo en el acuario. Bueno, no, pero lo parecía porque uno de los otros peces lo había redecorado. Lo había redecorado una hembra. ¿Os lo podéis creer? Es como si ya fuese parte de un programa de televisión muy malo. Me doy la vuelta, espero que no haya una cámara oculta en algún sitio grabando mis movimientos. Aún no soy tan famoso como para salir en *Punk'd*.

Sin darme cuenta de que han vuelto a pasar unos cuantos días, estoy tranquilo en la oscuridad cuando escucho abrirse la puerta del despacho. Ya presiento, en lo más profundo de los picos de mis aletas, que no es Ethan, ni Brynne, ni ningún otro ser humano que conozca. Paralizado. Ahora estoy paralizado de verdad. Por favor, que no sea como en *Paranormal Activity 4*.

FRANZISKA POPP

UN FRUTO PROHIBIDO ESPECIALMENTE
TENTADOR… MORDERLO ES DELICIOSO.
LA TRILOGÍA ERÓTICA EL AFFAIRE BLACKSTONE
TE ATRAPARÁ Y TE SEDUCIRÁ,
Y SERÁ EL MEJOR DE TUS RECUERDOS.

RAINE MILLER es americana y vive en California. Profesora
en un colegio durante el día, su tiempo libre lo dedica a escribir
novelas románticas. Está casada y tiene dos hijos que saben que
escribe pero que nunca han mostrado mucho interés en leer sus
libros. Antes de *Desnuda,* Miller escribió dos romances históricos,
The Undoing of a Libertine y *His Perfect Passion.* Autora bestseller
en *The New York Times* y *USA Today.*

www.rainemiller.com

Suma de Letras es un sello editorial del Grupo Santillana

www.sumadeletras.com

Argentina
Avda. Leandro N. Alem, 720
C 1001 AAP Buenos Aires
Tel. (54 114) 119 50 00
Fax (54 114) 912 74 40

Bolivia
Calacoto, calle 13, 8078
La Paz
Tel. (591 2) 279 22 78
Fax (591 2) 277 10 56

Chile
Dr. Aníbal Ariztía, 1444
Providencia
Santiago de Chile
Tel. (56 2) 384 30 00
Fax (56 2) 384 30 60

Colombia
Carrera 11 A, n.° 98-50. Oficina 501
Bogotá. Colombia
Tel. (57 1) 705 77 77
Fax (57 1) 236 93 82

Costa Rica
La Uruca
Del Edificio de Aviación Civil 200 m al Oeste
San José de Costa Rica
Tel. (506) 22 20 42 42 y 25 20 05 05
Fax (506) 22 20 13 20

Ecuador
Avda. Eloy Alfaro, 33-3470 y Avda. 6 de
Diciembre
Quito
Tel. (593 2) 244 66 56 y 244 21 54
Fax (593 2) 244 87 91

El Salvador
Siemens, 51
Zona Industrial Santa Elena
Antiguo Cuscatlan – La Libertad
Tel. (503) 2 505 89 y 2 289 89 20
Fax (503) 2 278 60 66

España
Avenida de los Artesanos, 6
28760 Tres Cantos (Madrid)
Tel. (34 91) 744 90 60
Fax (34 91) 744 92 24

Estados Unidos
2023 N.W 84th Avenue
Doral, FL 33122
Tel. (1 305) 591 95 22 y 591 22 32
Fax (1 305) 591 74 73

Guatemala
26 Avda. 2-20
Zona 14
Guatemala C.A.
Tel. (502) 24 29 43 00
Fax (502) 24 29 43 03

Honduras
Colonia Tepeyac Contigua a Banco Cuscatlan
Boulevard Juan Pablo, frente al Templo
Adventista 7° Día, Casa 1626
Tegucigalpa
Tel. (504) 239 98 84

México
Avda. Río Mixcoac, 274
Colonia Acacias
03240 Benito Juárez
México D.F.
Tel. (52 5) 554 20 75 30
Fax (52 5) 556 01 10 67

Panamá
Vía Transísmica, Urb. Industrial Orillac,
Calle Segunda, local 9
Ciudad de Panamá
Tel. (507) 261 29 95

Paraguay
Avda. Venezuela, 276,
entre Mariscal López y España
Asunción
Tel./fax (595 21) 213 294 y 214 983

Perú
Avda. Primavera, 2160
Surco
Lima 33
Tel. (51 1) 313 40 00
Fax. (51 1) 313 40 01

Puerto Rico
Avda. Roosevelt, 1506
Guaynabo 00968
Puerto Rico
Tel. (1 787) 781 98 00
Fax (1 787) 782 61 49

República Dominicana
Juan Sánchez Ramírez, 9
Gazcue
Santo Domingo R.D.
Tel. (1809) 682 13 82 y 221 08 70
Fax (1809) 689 10 22

Uruguay
Juan Manuel Blanes, 1132
11200 Montevideo
Tel. (598 2) 402 73 42 y 402 72 71
Fax (598 2) 401 51 86

Venezuela
Avda. Rómulo Gallegos
Edificio Zulia, 1° – Sector Monte Cristo
Boleita Norte
Caracas
Tel. (58 212) 235 30 33
Fax (58 212) 239 10 51